U0681030

阅读，与最好的自己相遇

冯骥才散文精选

Feng Ji Cai 冯骥才 著

为青少年读者
量身打造的经典读本

长江出版传媒｜崇文书局

图书在版编目（CIP）数据

冯骥才散文精选：青少版／冯骥才著．
—武汉：崇文书局，2019.5（2021.3 重印）
ISBN 978-7-5403-5144-1

Ⅰ．①冯…
Ⅱ．①冯…
Ⅲ．①散文集－中国－当代
Ⅳ．① I267

中国版本图书馆 CIP 数据核字（2018）第 177810 号

冯骥才散文精选：青少版

责任编辑　高　娟
出版发行　长江出版传媒｜崇文书局
地　　址　武汉市雄楚大街 268 号 C 座 11 层
电　　话　（027）87680797　邮政编码　430070
印　　刷　中印南方印刷有限公司
开　　本　640mm×900mm　　1/16
印　　张　14.5
字　　数　140 千字
版　　次　2019 年 5 月第 1 版
印　　次　2021 年 3 月第 5 次印刷
定　　价　29.80 元

（如发现印装质量问题，影响阅读，请与承印厂调换）

目 录

四季情怀

春天一旦跨到地平线这边来，

大地便换了一番风景，明朗又朦胧。

它日日夜夜散发着一种气息，

就像青年人身体散发出的气息。

清新的，充沛的，诱惑而撩人的，

这是生命本身的气息。

逼来的春天

　　那时，大地依然一派毫无松动的严冬景象，土地邦硬，树枝全抽搐着，害病似的打着冷战；雀儿们晒太阳时，羽毛乍开好像绒球，紧挤一起，彼此借着体温。你呢，面颊和耳朵边儿像要冻裂那样的疼痛……然而，你那冻得通红的鼻尖，迎着冷冽的风，却忽然闻到了春天的气味！

　　春天最先是闻到的。

　　这是一种什么气味？它令你一阵惊喜，一阵激动，一下子找到了明天也找到了昨天——那充满诱惑的明天和同样季节、同样感觉却流逝难返的昨天。可是，当你用力再去吸吮这空气时，这气味竟又没了！你放眼这死气沉沉冻结的世界，准会怀疑它不过是瞬间的错觉罢了。春天还被远远隔绝在地平线之外吧。

　　但最先来到人间的春意，总是被雄踞大地的严冬所拒绝、所稀释、所泯灭。正因为这样，每逢这春之将至的日子，人们会格外的兴奋、敏感和好奇。

如果你有这样的机会多好——天天来到这小湖边，你就能亲眼看到冬天究竟怎样退去，春天怎样到来，大自然究竟怎样完成这一年一度起死回生的最奇妙和最伟大的过渡。

但开始时，每瞧它一眼，都会换来绝望。这小湖干脆就是整整一块巨大无比的冰，牢牢实实，坚不可摧；它一直冻到湖底了吧？鱼儿全死了吧？灰白色的冰面在阳光反射里光芒刺目；小鸟从不敢在这寒气逼人的冰面上站一站。

逢到好天气，一连多天的日晒，冰面某些地方会融化成水，别以为春天就从这里开始。忽然一夜寒飙过去，转日又冻结成冰，恢复了那严酷肃杀的景象。若是风雪交加，冰面再盖上一层厚厚雪被，春天真像天边的情人，愈期待愈迷茫。

然而，一天，湖面一处，一大片冰面竟像沉船那样陷落下去，破碎的冰片斜插水里，好像出了什么事！这除非是用重物砸开的，可什么人、又为什么要这样做呢？但除此之外，并没发现任何异常的细节。那么你从这冰面无缘无故的坍塌中是否隐隐感到了什么……刚刚从裂开的冰洞里露出的湖水，漆黑又明亮，使你想起一双因为爱你而无限深邃又默默的眼睛。

这坍塌的冰洞是个奇迹，尽管寒潮来临，水面重新结冰，但在白日阳光的照耀下又很快地融化和洞开。冬的伤口难以愈合。冬的黑子出现了。

冬天与春天的界限是瓦解。

　　冰的坍塌不是冬的风景,而是隐形的春所创造的第一幅壮丽的图画。

　　跟着,另一处湖面,冰层又坍塌下去。一个、两个、三个……随后湖面中间闪现一条长长的裂痕,不等你确认它的原因和走向,居然又发现几条粗壮的裂痕从斜刺里交叉过来。开始这些裂痕发白,渐渐变黑,这表明裂痕里已经浸进湖水。某一天,你来到湖边,会止不住出声地惊叫起来,巨冰已经裂开!黑黑的湖水像打开两扇沉重的大门,把一分为二的巨冰推向两旁,终于袒露出自己阔大、光滑而迷人的胸膛……

　　这期间,你应该在岸边多待些时候。你就会发现,这漆黑而依旧冰冷的湖水泛起的涟漪,柔软又轻灵,与冬日的寒浪全然两样了。那些仍然覆盖湖面的冰层,不再光芒夺目,它们黯淡、晦涩、粗糙和发脏,表面一块块凹下去。有时,忽然"咔嚓"清脆的一响,跟着某一处,断裂的冰块应声漂移而去……尤其动人的,是那些在冰层下愁闷了长长一冬的大鱼,它们时而激情难捺,猛地蹦出水面,在阳光下银光闪烁打个"挺儿","哗啦"落入水中。你会深深感到,春天不是由远方来到眼前,不是由天外来到人间,它原是深藏在万物的生命之中的,它是从生命深处爆发出来的,它是生的欲望、生的能源与生的激情。它永远是死亡的背面。唯此,春天才是不可遏制的。它把酷烈的严冬作为自己的序曲,不管这序曲多么漫长。

　　追逐着凛冽的朔风的尾巴,总是明媚的春光;所有冻凝的冰的核儿，都是一滴春天的露珠；那封闭大地的白雪下边是什么？你挥动大帚，扫去白雪，一准是连天的醉人的绿意……

你眼前终于出现这般景象：宽展的湖面上到处浮动着大大小小的冰块。这些冬的残骸被解脱出来的湖水戏弄着，今儿推到湖这边儿，明日又推到湖那边儿。早来的候鸟常常一群群落在浮冰上，像乘载游船，欣赏着日渐稀薄的冬意。这些浮冰不会马上消失，有时还会给一场春寒冻结在一起，霸道地凌驾湖上，重温昔日威严的梦。然而，春天的湖水既自信又有耐性，有信心才有耐性。它在这浮冰四周，扬起小小的浪头，好似许许多多温和而透明的小舌头，去舔弄着这些渐软渐松渐小的冰块……最后，整个湖中只剩下一块肥皂大小的冰片片了，湖水反而不急于吞没它，而是把它托举在浪波之上，摇摇晃晃，一起一伏，展示着严冬最终的悲哀、无助和无可奈何……终于，它消失了。冬，顿时也消失于天地间。这时你会发现，湖水并不黝黑，而是湛蓝湛蓝。它和天空一样的颜色。

天空是永远宁静的湖水，湖水是永难平静的天空。

春天一旦跨到地平线这边来，大地便换了一番风景，明朗又朦胧。它日日夜夜散发着一种气息，就像青年人身体散发出的气息。清新的，充沛的，诱惑而撩人的，这是生命本身的气息。大地的肌肤——泥土，松软而柔和；树枝不再抽搐，软软地在空中自由舒展，那纤细的树梢无风时也颤悠悠地摇动，招呼着一个外物萌芽的季节的到来。小鸟们不必再乍开羽毛，个个变得光溜精灵，在高天上扇动阳光飞翔……湖水因为春潮涨满，仿佛与天更近；静静的云，说不清在天上还是在水里……湖边，湿漉漉的泥滩上，那些东倒西歪的去年的枯苇棵里，一些鲜绿夺目、又尖又硬的苇芽，破土而出，愈看愈多，有的地方竟已簇密成片了。你真惊奇！在这之前，它们竟逃过你细心的留意，一旦发现即已充满咄咄的生气了！难道这是一夜的春风、一阵春雨或一日春晒，便齐刷刷钻出地面？来得又何其神速！这分明预示着，大自然囚禁了整整一冬的生命，要重新开始新的一轮竞争了。而它们，这些碧绿的针尖一般的苇芽，不仅叫你看到了崭新的生命，还叫你深刻地感受到生命的锐气、坚韧、迫切，还有生命和春的必然。

时光

一岁将尽，便进入一种此间特有的情氛中。平日里奔波忙碌，只觉得时间的紧迫，很难感受到"时光"的存在。时间属于现实，时光属于人生。然而到了年终时分，时光的感觉乍然出现。它短促、有限、性急，你在后边追它，却始终抓不到它飘举的衣袂。它飞也似的向着年的终点扎去。等到你真的将它超越，年已经过去，那一大片时光便留在过往不复的岁月里了。

今晚突然停电，摸黑点起蜡烛。烛光如同光明的花苞，宁静地浮在漆黑的空间里；室内无风，这光之花苞便分外优雅与美丽；些许的光散布开来，朦胧依稀地勾勒出周边的事物。没有电就没有音乐相伴，但我有比音乐更好的伴侣——思考。

可是对于生活最具悟性的，不是思想者，而是普通大众。比如大众俗语中，把临近年终这几天称作"年根儿"，多么真切和形象！它叫我们顿时发觉，一棵本来是绿意盈盈的岁月之树，已被我们消耗殆尽，只剩下一点点根底。时光竟然这样的紧迫、拮据与深浓……

　　一下子，一年里经历过的种种事物的影像全都重叠地堆在眼前。不管这些事情怎样庞杂与艰辛，无奈与突兀。我更想从中找到自己的足痕。从春天落英缤纷的京都退藏到冬日小雨连绵的雅典德尔菲遗址；从重庆荒芜的红卫兵墓到津南那条神奇的蛤蜊堤；从一个会场到另一个会场，一个活动到另一个活动中；究竟哪一些足迹至今清晰犹在，哪一些足迹杂沓模糊甚至早被时光干干净净一抹而去？

　　我瞪着眼前的重重黑影，使劲看去。就在烛光散布的尽头，忽然看到一双眼睛正直对着我。目光冷峻锐利，逼视而来。这原是我放在那里的一尊木雕的北宋天王像。然而此刻他的目光却变得分外有力。它何以穿过夜的浓雾，穿过漫长的八百年，锐不可当、拷问似的直视着任何敢于朝他瞧上一眼的人？显然，是由于八百年前那位不知名的民间雕工传神的本领、非凡的才气；他还把一种阳刚正气和直逼邪恶的精神注入其中。如今那位无名雕工早了无踪影，然而他那令人震撼的生命精神却保存下来。

　　在这里，时光不是分毫不曾消逝吗？

　　植物死了，把它的生命留在种子里；诗人离去，把他的生命留在诗句里。

　　时光对于人，其实就是生命的过程。当生命走到终点，不一定消失得没有痕迹，有时它还会转化为另一种形态存在或再生。母与子的生命的转换，不就在延续着整个人类吗？再造生命，才是最伟大的生命奇迹。而此中，艺术家们应是最幸福的一种。唯有他们能用自己的

生命去再造一个新的生命。小说家再造的是代代相传的人物；作曲家
再造的是他们那个可以听到的迷人而永在的灵魂。

此刻，我的眸子闪闪发亮，视野开阔，房间里的一切艺术珍品都
一点点地呈现。它们不是被烛光照亮，而是被我陡然觉醒的心智召唤
出来的。

其实我最清晰和最深刻的足迹，应是书桌下边，水泥的地面上那
两个被自己的双足磨成的浅坑。我的时光只有被安顿在这里，它才不
会消失，而被我转化成一个个独异又鲜活的生命，以及一行行永不
褪色的文字。然而我一年里把多少时光抛入尘嚣，或是支付给种种一
闪即逝的虚幻的社会场景。甚至有时属于自己的时光反成了别人的恩
赐。检阅一下自己创造的人物吧，掂量他们的寿命有多长。艺术家的
生命是用他艺术的生命计量的。每个艺术家都有可能达到永恒，放弃
掉的只能是自己。是不是？

迎面那宋代天王瞪着我，等我回答。

我无言以对，尴尬到了自感狼狈。

忽然，电来了，灯光大亮，事物通明，恍如更换天地。刚才那片
幽阔深远的思想世界顿时不在，唯有烛火空自燃烧，显得多余。再看
那宋代的天王像，在灯光里仿佛换了一个神气，不再那样咄咄逼人
了。

我也不用回答他，因为我已经回答自己了。

苦夏

这一日,终于撂下扇子。来自天上干燥清爽的风,忽吹得我衣飞举,并从袖口和裤管钻进来,把周身滑溜溜地抚动。我惊讶地看着阳光下依旧夺目的风景,不明白数日前那个酷烈非常的夏天突然到哪里去了。

是我逃遁似的一步跳出了夏天,还是它就像七六年的"文革"那样——在一夜之间崩溃?

身居北方的人最大的福分,便是能感受到大自然的四季分明。我特别能理解一位新加坡朋友,每年冬天要到中国北方住上十天半个月,否则会一年里周身不适。好像不经过一次冷处理,他的身体就会发酵。他生在新加坡,祖籍中国河北;虽然人在"终年都是夏"的新加坡长大,血液里肯定还执着地潜在着大自然四季的节奏。

四季是来自于宇宙的最大的节拍。在每一个节拍里,大地的景观便全然变换与更新。四季还赋予地球以诗,故而悟性极强的中国人,在四言绝句中确立的法则是:起,承,转,合。这四个字恰恰就是四季的本质。起始如春，承续似夏，转变若秋，合拢为冬。合在一起，不正是地球生命完整的一轮？为此，天地间一切生命全都依从着这一节拍，无论岁岁枯荣与生死的花草百虫，还是长命百岁的漫漫人生。然而在这生命的四季里，最壮美和最热烈的不是这长长的夏吗？

女人们孩提时的记忆散布在四季；男人们的童年往事大多是在夏天里，这由于，我们儿时的伴侣总是各种各样的昆虫。蜻蜓、天牛、蚂蚱、螳螂、蝴蝶、蝉、蚂蚁、蚯蚓，此外还有青蛙和鱼儿。它们都是夏日生活的主角；每种昆虫都给我们带来无穷的快乐。甚至我对家人和朋友们记忆最深刻的细节，也都与昆虫有关。比如妹妹一见到壁虎就发出一种特别恐怖的尖叫，比如邻家那个斜眼的男孩子专门残害蜻蜓，比如同班一个最好看的女生头上花形的发卡，总招来蝴蝶落在上边；再比如，父亲睡在铺了凉席的地板上，夜里翻身居然压死了一只蝎子——这不可思议的事使我感到父亲的无比强大。后来父亲挨斗，挨整，写检查；我劝慰和宽解他，怕他自杀，替他写检查——那是我最初写作的内容之一。这时候父亲那种强大感便不复存在。生活中的一切事物，包括夏天的意味全都发生了变化。

在快乐的童年里，根本不会感到蒸笼般夏天的难耐与难熬。唯有在此后艰难的人生里，才体会到苦夏的滋味，快乐把时光缩短，苦难把岁月拉长，一如这长长的仿佛没有尽头的苦夏。但我至今不喜欢谈自己往日的苦楚与磨砺。相反，我却从中领悟到"苦"字的分量。苦，原是生活中的蜜。人生的一切收获都压在这沉甸甸的苦字的下边。然而一半的苦字下边又是一无所有。你用尽平生的力气，最终所获与初始时的愿望竟然去之千里。你该怎么想？

于是我懂得了这苦夏——它不是无尽头的暑热的折磨，而是我们顶着毒日头默默又坚忍的苦斗的本身。人生的力量全是对手给的，那就是要把对手的压力吸入自己的骨头里。强者之力最主要的是承受力。只有在匪夷所思的承受中才会感到自己属于强者，也许为此，我的写作一大半是在夏季。很多作家包括普希金不都是在爽朗而惬意的秋天里开花结果？我却每每进入炎热的夏季，反而写作力加倍地旺盛。我想，这一定是那些沉重的人生的苦夏，锻造出我这个反常的性格习惯。我太熟悉那种写作久了，汗湿的胳膊粘在书桌玻璃上的美妙无比的感觉。

在维瓦尔第的《四季》中，我常常只听"夏"的一章。它使我激动，胜过春之蓬发、秋之灿烂、冬之静穆。友人说"夏"的一章，极尽华丽之美。我说我从中感受到的，却是夏的苦涩与艰辛，甚至还有一点儿悲壮。友人说，我在这音乐情境里已经放进去太多自己的故事。我点点头，并告诉他我的音乐体验。音乐的最高境界是超越听觉；不只是它给你，更是你给它。

年年夏日，我都会这样体验一次夏的意义，从而激情迸发，心境昂然。一手撑着滚烫的酷暑，一手写下许多文字来。

今年我还发现，这伏夏不是被秋风吹去的，更不是给我们的扇子轰走的——

夏天是被它自己融化掉的。

因为，夏天的最后一刻，总是它酷热的极致。我明白了，它是耗尽自己的一切，才显示出无边的威力。生命的快乐是能量淋漓尽致地发挥。但谁能像它这样，用一种自焚的形式，创造出这火一样辉煌的顶点？

于是，我充满了夏之崇拜！我要一连跨过眼前的辽阔的秋，悠长的冬和遥远的春，再一次邂逅你，我精神的无上境界——苦夏！

秋天的音乐

　　你每次上路出远门千万别忘记带上音乐，只要耳朵里有音乐，你一路上对景物的感受就全然变了。它不再是远远待在那里、无动于衷的样子，在音乐撩拨你心灵的同时，也把窗外的景物调弄得易感而动情。你被种种旋律和音响唤起的丰富的内心情绪，这些景物也全部神会地感应到了，它还随着你的情绪奇妙地进行自我再造。你振作它雄浑，你宁静它温存，你伤感它忧患，也许同时还给你加上一点人生甜蜜的慰藉，这是真正知友心神相融的交谈……河湾、山脚、烟光、云影、一草一木，所有细节都浓浓浸透你随同音乐而流动的情感，甚至它一切都在为你变形，一幅幅不断变换地呈现出你心灵深处的画面。它使你一下子看到了久藏心底那些不具体、不成形、朦胧模糊或被时间湮没了的感受，于是你更深深坠入被感动的漩涡里，享受这画面、音乐和自己灵魂三者融为一体的特殊感受……

　　秋天十月，我松松垮垮套上一件粗线毛衣，背个大挎包，去往东北最北部的大兴安岭。赶往火车站的路上，忽然发觉只带了录音机，却把音乐磁带忘记在家，恰巧路过一个朋友的住处，他是音乐迷，便跑去向他借。他给我一盘说是新翻录的，都是"背景音乐"。我问他这是什么曲子，他怔了怔，看我一眼说：

"秋天的音乐。"

他多半随意一说，搪塞我。这曲名，也许是他看到我被秋风吹得松散飘扬的头发，灵机一动得来的。

火车一出山海关，我便戴上耳机听起这秋天的音乐。开端的旋律似乎熟悉，没等我怀疑它是不是真正地描述秋天，下巴发懒地一蹭粗软的毛衣领口；两只手搓一搓，让干燥的凉手背给湿润的热手心舒服地摩擦摩擦，整个身心就进入秋天才有的一种异样温暖甜醉的感受里了。

我把脸颊贴在窗玻璃上，挺凉，带着享受的渴望往车窗外望去，秋天的大自然展开一片辉煌灿烂的景象。阳光像钢琴明亮的音色洒在这收割过的田野上，整个大地像生过婴儿的母亲，幸福地舒展在开阔的晴空下，躺着，丰满而柔韧的躯体！从麦茬里裸露出浓厚的红褐色是大地母亲健壮的肤色；所有树林都在炎夏的竞争中把自己的精力膨胀到头，此刻自在自如地伸展它优美的枝条；所有金色的叶子都是它的果实，一任秋风翻动，煌煌夸耀着秋天的富有。真正的富有感，是属于创造者的；真正的创造者，才有这种潇洒而悠然的风度……一只鸟儿随着一个轻扬的小提琴旋律腾空飞起，它把我引向无穷纯净的天空。任何情绪一入天空便化作一片博大的安寂。这愈看愈大的天空有如伟大哲人恢宏的头颅，白云是他的思想。有时风云交汇，会闪出一道智慧的灵光，响起一句警示世人的哲理。此时，哲人也累了，沉浸在秋天的松弛里。它高远，平和，神秘无限。大大小小、松松散散的云彩是他思想的片断，而片断才是最美的，无论思想还是情感……这千形万状精美的片断伴同空灵的音响，在我眼前流过，还在阳光里洁白耀眼。那乘着小提琴旋律的鸟儿一直钻向云天，愈高愈小，最后变成一个极小的黑点儿，忽然"噗"地扎入一个巨大、蓬松、发亮的云团……

我陡然想起一句话：

"我一扑向你，就感到无限温柔呵。"

我还想起我的一句话

"我睡在你的梦里。"

那是一个清明的早晨，在实实在在甜睡一夜醒来时，正好看见枕旁你朦胧的、散发着香气的脸说的。你笑了，就像荷塘里、雨里、雾里悄然张开的一朵淡淡的花。

接下去的温情和弦，带来一片疏淡的田园风景。秋天消解了大地的绿，用它中性的调子，把一切色泽调匀。和谐又高贵，平稳又舒畅，只有收获过了的秋天才能这样静谧安详。几座闪闪发光的麦秸垛，一缕银蓝色半透明的炊烟，这儿一棵那儿一棵怡然自得站在平原上的树，这儿一只那儿一只慢吞吞吃草的杂色的牛。在弦乐的烘托中，我心底渐渐浮起一张又静又美的脸。我曾经用吻，像画家用笔那样勾勒过这张脸：轮廓、眉毛、眼睛、嘴唇……这样的勾画异常奇妙，无形却深刻地记住。你嘴角的小涡、颤动的睫毛、鼓脑门和尖俏下巴上那极小而光洁的平面……近景从眼前疾掠而过，远景跟着我缓缓向前，大地像唱片慢慢旋转，耳朵里不绝地响着这曲人间牧歌。

一株垂死的老树一点点走进这巨大唱片的中间来。它的根像唱针，在大自然深处划出一支忧伤的曲调。心中的光线和风景的光线一同转暗，即使一湾河水强烈的反光，也清冷，也刺目，也凄凉。一切阴影都化为行将垂暮秋天的愁绪；萧疏的万物失去往日共荣的激情，各自挽着生命的孤单；篱笆后一朵迟开的小葵花，像你告别时在人群中伸出的最后一次招手，跟着被轰隆隆前奔的列车甩到后边……春的萌动、战栗、骚乱，夏的喧闹、蓬勃、繁华，全都销匿而去，无可挽回。不管它曾经怎样辉煌，怎样骄傲，怎样光芒四射，怎样自豪地挥霍自己的精力与才华，毕竟过往不复。人生是一次性的；生命以时间为载体，这就决定人类以死亡为结局的必然悲剧。谁能把昨天和前天追回来，哪怕再经受一次痛苦的诀别也是幸福，还有那做过许多傻事的童年，年轻的母亲和初恋的梦，都与这老了的秋天去之遥远了。一种浓重的忧伤混同音乐漫无边际地散开，渲染着满目风光。我忽然想喊，想叫这列车停住，倒回去！

突然，一条大道纵向冲出去，黄昏中它闪闪发光，如同一支号角嘹亮吹响，声音唤来一大片拔地而起的森林，像一支金灿灿的铜管乐队，奏着庄严的乐曲走进视野。来不及分清这是音乐还是画面变换的缘故，心境陡然一变，刚刚的忧愁一扫而光。当浓林深处一棵棵依然葱绿的幼树晃过，我忽然醒悟，秋天的凋谢全是假象！

它不过在寒飙来临之前把生命掩藏起来，把绿意埋在地下，在冬日的雪被下积蓄与浓缩，等待下一个春天里，再一次加倍地挥洒与铺张！远远山坡上，坟茔，在夕照里像一堆火，神奇又神秘，它哪里是埋葬的一具尸体或一个孤魂？既然每个生命都在创造了另一个生命后离去，什么叫作死亡？死亡，不仅仅是一种生命的转换，旋律的变化，画面的更迭吗？那么世间还有什么比死亡更庄严、更神圣、更迷人！为了再生而奉献自己的伟大的死亡啊……

秋天的音乐已如圣殿的声音；这壮美崇高的轰响，把我全部身心都裹住、都净化了。我惊奇地感觉自己像玻璃一样透明。

这时，忽见对面坐着两位老人，正在亲密交谈。残阳把他俩的脸晒得好红，条条皱纹都像画上去的那么清楚。人生的秋天！他们把自己的青春年华、所有精力为这世界付出，连同头发里的色素也将耗尽，那满头银丝不是人间最值得珍惜的吗？我瞧着他俩相互凑近、轻轻谈话的样子，不觉生出满心的爱来，真想对他俩说些美好的话。我摘下耳机，未及开口，却听他们正议论关于单位里上级和下级的事，哪个连着哪个，哪个与哪个明争暗斗，哪个可靠和哪个更不可靠，哪个是后患而必须……我惊呆了，以致再不能听下去，赶快重新戴上耳机，打开音乐，再听，再放眼窗外的景物，奇怪！这一次，秋天的音乐，那些感觉，全没了。

"艺术原本是欺骗人生的。"

在我返回家，把这盘录音带送还给我那朋友时，把这话告他。

他不知道我为何得到这样的结论，我也不知道他为何对我说：

"艺术其实是安慰人生的。"

冬日絮语

　　每每到了冬日，才能实实在在触摸到了岁月。年是冬日中间的分界。有了这分界，便在年前感到岁月一天天变短，直到残剩无多！过了年忽然又有大把的日子，成了时光的富翁，一下子真的大有可为了。

　　岁月是用时光来计算的。那么时光又在哪里？在钟表上，日历上，还是行走在窗前的阳光里？

　　窗子是房屋最迷人的镜框。节候变换着镜框里的风景。冬意最浓的那些天，屋里的热气和窗外的阳光一起努力，将冻结玻璃上的冰雪融化；它总是先从中间化开，向四边蔓延。透过这美妙的冰洞，我发现原来严冬的世界才是最明亮的。那一如人的青春的盛夏，总有阴影遮翳，葱茏却幽暗。小树林又何曾有这般光明？我忽然对老人这个概念生了敬意。只有阅尽人生，脱净了生命年华的叶子，才会有眼前这小树林一般的明澈。只有这彻底的通达，才能有此无边的安宁。安宁不是安寐，而是一种博大而丰实的自享。世中唯有创造者所拥有的自享才是人生真正的幸福。

朋友送来一盆"香棒"，放在我的窗台上说："看吧，多漂亮的大叶子！"

这叶子像一只只绿色光亮的大手，伸出来，叫人欣赏。逆光中，它的叶筋舒展着舒畅又潇洒的线条。一种奇特的感觉出现了！严寒占据窗外，丰腴的春天却在我的房中怡然自得。

自从有了这盆"香棒"，我才发现我的书房竟有如此灿烂的阳光。它照进并充满每一片叶子和每一根叶梗，把它们变得像碧玉一样纯净、通亮、圣洁。我还看见绿色的汁液在通明的叶子里流动。这汁液就是血液。人的血液是鲜红的，植物的血液是碧绿的，心灵的血液是透明的，因为世界的纯洁来自于心灵的透明。但是为什么我们每个人都说自己纯洁，而整个世界却仍旧一片混沌呢？

我还发现，这光亮的叶子并不是为了表示自己的存在，而是为了证实阳光的明媚、阳光的魅力、阳光的神奇。任何事物都同时证实着另一个事物的存在。伟大的出现说明庸人的无所不在；分离愈远的情人，愈显示了他们的心丝毫没有分离；小人的恶言恶语不恰好表达你的高不可攀和无法企及吗？而骗子无法从你身上骗走的，正是你那无比珍贵的单纯。老人的生命愈来愈短，还是他生命的道路愈来愈长？生命的计量，在于它的长度，还是宽度与深度？

冬日里，太阳环绕地球的轨道变得又斜又低。夏天里，阳光的双足最多只是站在我的窗台上，现在却长驱直入，直射在我北面的墙壁上。一尊唐代的木佛一直伫立在阴影里沉思，此刻迎着一束光芒无声地微笑了。

阳光还要充满我的世界，它化为闪闪烁烁的光雾，朝着四周的阴暗的地方浸染。阴影又执着又调皮，阳光照到哪里，它就立刻躲到光的背后。而愈是幽暗的地方，愈能看见被阳光照得晶晶发光的游动的尘埃。这令我十分迷惑：黑暗与光明的界限究竟在哪里？黑夜与晨曦的界限呢？来自早醒的鸟第一声的啼叫吗……这叫声由于被晨露滋润而异样地清亮。

但是，有一种光可以透入幽闭的暗处，那便是从音箱里散发出来的闪光的琴音。鲁宾斯坦的手不是在弹琴，而是在摸索你的心灵；他还用手思索，用手感应，用手触动色彩，用手试探生命世界最敏感的悟性……琴音是不同的亮色，它们像明明灭灭、强强弱弱的光束，散布在空间！那些旋律片段好似一些金色的鸟，扇着翅膀，飞进布满阴影的地方。有时，它会在一阵轰响里，关闭了整个地球上的灯或者创造出一个辉煌夺目的太阳。我便在一张寄给远方的失意朋友的新年贺卡上，写了一句话：

你想得到的一切安慰都在音乐里。

冬日里最令人莫解的还是天空。

盛夏里，有时乌云四合，那即将被峥嵘的云吞没的最后一块蓝天，好似天空的一个洞，无穷地深远。而现在整个天空全成了这样，在你头顶上无边无际地展开！空阔、高远、清澈、庄严！除去少有的飘雪的日子，大多数时间连一点点云丝也没有，鸟儿也不敢飞上去，这不仅由于它冷冽寥廓，而是因为它大得……大得叫你一仰起头就感到自己的渺小。只有在夜间，寒空中才有星星闪烁。这星星是宇宙间点灯的驿站。万古以来，是谁不停歇地从一个驿站奔向下一个驿站？为谁送信？为了宇宙间那一桩永恒的爱吗？

我从大地注视着这冬天的脚步，看看它究竟怎样一步步、沿着哪个方向一直走到春天？

白发

人生入秋，便开始被友人指着脑袋说："呀，你怎么也有白发了？"

听罢笑而不答。偶尔笑答一句："因为头发里的色素都跑到稿纸上去了。"

就这样，嘻嘻哈哈、糊里糊涂地翻过了生命的山脊，开始渐渐下坡来。或者再努力，往上登一登。

对镜看白发，有时也会认真起来：这白发中的第一根是何时出现的？为了什么？思绪往往会超越时空，一下子回到了少年时——那次同母亲聊天，母亲背窗而坐，窗子敞着，微风无声地轻轻掀动母亲的头发，忽见母亲的一根头发被吹立起来，在夕照里竟然银亮银亮，是一根白发！这根细细的白发在风里柔弱摇曳，却不肯倒下，好似对我召唤。我第一次看见母亲的白发，第一次强烈地感受到母亲也会老，这是多可怕的事啊！我禁不住过去扑在母亲怀里。母亲不知出了什么事，问我，用力想托我起来，我却紧紧抱住母亲，好似生怕她离去……事后，我一直没有告诉母亲这究竟为了什么。最浓烈的感情难以表达出来，最脆弱的感情只能珍藏在自己心里。如今，母亲已是满头白发，但初见她白发的感受却深刻难忘。那种人生感，那种凄然，那种无可奈何，正像我们无法把地上的落叶抛回树枝上去……

当妻子把一小酒盅染发剂和一支扁头油画笔拿到我面前，叫我帮她染发，我心里一动，怎么，我们这一代生命的森林也开始落叶了？我瞥一眼她的头发，笑道："不过两三根白头发，也要这样小题大做？"可是待我用手指撩开她的头发，我惊讶了，在这黑黑的头发里怎么会埋藏这么多的白发！我竟如此粗心大意，至今才发现才看到。也正是由于这样多的白发，才迫使她动用这遮掩青春衰退的颜色。可是她明明一头乌黑而清香的秀发呀，究竟怎样一根根悄悄变白的？是在我不停歇的忙忙碌碌中、侃侃而谈中，还是在不舍昼夜的埋头写作中？是那些年在大地震后寄人篱下的茹苦含辛的生活所致？是为了我那次重病内心焦虑而催白的？还是那件事……几乎伤透了她的心，一夜间骤然生出这么多白发？

黑发如同绿草，白发犹如枯草；黑发像绿草那样散发着生命诱人的气息，白发却像枯草那样晃动着刺目的、凄凉的、枯竭的颜色。我怎样做才能还给她一如当年那一头美丽的黑发？我急于把她所有变白的头发染黑。她却说："你是不是把染发剂滴在我头顶上了？"

我一怔。赶忙用眼皮噙住泪水，不叫它再滴落下来。

一次，我把剩下的染发剂交给她，请她也给我的头发染一染。这一染，居然年轻许多！谁说时光难返，谁说青春难再，就这样我也加入了用染发剂追回岁月的行列。谁知染发是件愈来愈艰难的事情。不仅日日增多的白发需要加工，而且这时才知道，白发并不是由黑发变的，它们是从走向衰老的生命深处滋生出来的。当染过的头发看上去一片乌黑青黛，它们的根部又齐刷刷冒出一茬雪白。任你怎样去染，去遮盖，它还是茬茬涌现。人生的秋天和大自然的春天一样顽强。挡不住的白发啊！开始时精心细染，不肯漏掉一根。但事情忙起来，没有闲暇染发，只好任由它花白。染又麻烦，不染难看，渐而成了负担。

　　这日，邻家一位老者来访。这老者阅历深，博学，又健朗，鹤发童颜，很有神采。他进屋，正坐在阳光里。一个画面令我震惊——他不单头发通白，连胡须眉毛也一概全白；在强光的照耀下，蓬松柔和，光明透彻，亮如银丝，竟没有一根灰黑色，真是美极了！我禁不住说，将来我也修炼出您这一头漂亮潇洒的白发就好了，现在的我，染和不染，成了两难。老者听了，朗声大笑，然后对我说："小老弟，你挺明白的人，怎么在白发面前糊涂了？孩童有稚嫩的美，青年有健旺的美，你有中年成熟的美，我有老来冲淡自如的美。这就像大自然的四季——春天葱茏，夏天繁盛，秋天斑斓，冬天纯净。各有各的美感，各有各的优势，谁也不必羡慕谁，更不能模仿谁，模仿必累，勉强更累。人的事，生而尽其动，死而尽其静。听其自然，对！所谓听其自然，就是到什么季节享受什么季节。哎，我这话不知对你有没有用，小老弟？"

　　我听罢，顿觉地阔天宽，心情快活。摆一摆脑袋，头上花发来回一晃，宛如摇动一片秋光中的芦花。

珍珠鸟

真好！朋友送我一对珍珠鸟。放在一个简易的竹条编成的笼子里，笼内还有一卷干草，那是小鸟舒适又温暖的巢。

有人说，这是一种怕人的鸟。

我把它挂在窗前。那儿还有一盆异常茂盛的法国吊兰。我便用吊兰长长的、串生着小绿叶的垂蔓蒙盖在鸟笼上，它们就像躲进深幽的丛林一样安全；从中传出的笛儿般又细又亮的叫声，也就格外轻松自在了。

阳光从窗外射入，透过这里，吊兰那些无数指甲状的小叶，一半成了黑形，一半被照透，如同碧玉；斑斑驳驳，生意葱茏。小鸟的影子就在这中间隐约闪动，看不完整，有时连笼子也看不出，却见它们可爱的鲜红小嘴儿从绿叶中伸出来。

我很少扒开叶蔓瞧它们，它们便渐渐敢伸出小脑袋瞅瞅我。我们就这样一点点熟悉了。

三个月后，那一团愈发繁茂的绿蔓里边，发出一种尖细又娇嫩的鸣叫。我猜到，是它们有了雏儿。我呢？决不掀开叶片往里看，连添食加水时也不睁大好奇的眼去惊动它们。过不多久，忽然有一个小脑袋从叶间探出来。更小哟，雏儿！正是这个小家伙！

它小，就能轻易地由疏格的笼子钻出身。瞧，多么像它的母亲：红嘴红脚，灰蓝色的毛，只是后背还没有生出珍珠似的圆圆的白点；它好肥，整个身子好像一个蓬松的球儿。

起先，这小家伙只在笼子四周活动，随后就在屋里飞来飞去，一会儿落在柜顶上，一会儿神气十足地站在书架上，啄着书背上那些大文豪的名字；一会儿把灯绳撞得来回摇动，跟着跳到画框上去了。只要大鸟在笼里生气儿地叫一声，它立即飞回笼里去。

我不管它。这样久了，打开窗子，它最多只在窗框上站一会儿，决不飞出去。

渐渐它胆子大了，就落在我书桌上。

它先是离我较远，见我不去伤害它，便一点点挨近，然后蹦到我的杯子上，俯下头来喝茶，再偏过脸瞧瞧我的反应。我只是微微一笑，依旧写东西，它就放开胆子跑到稿纸上，绕着我的笔蹦来蹦去；跳动的小红爪子在纸上发出嚓嚓响。

我不动声色地写，默默享受着这小家伙亲近的情意。这样，它完全放心了。索性用那涂了蜡似的、角质的小红嘴，"嗒嗒"啄着我颤动的笔尖，我用手抚一抚它细腻的绒毛，它也不怕，反而友好地啄两下我的手指。

有一次，它居然跳进我的空茶杯里，隔着透明光亮的玻璃瞅我。它不怕我突然把杯口捂住。是的，我不会。

白天，它这样淘气地陪伴我；天色入暮，它就在父母的再三呼唤声中，飞向笼子，扭动滚圆的身子，挤开那些绿叶钻进去。

有一天，我伏案写作时，它居然落到我的肩上。我手中的笔不觉停了，生怕惊跑它。待一会儿，扭头看，这小家伙竟趴在我的肩头睡着了，银灰色的眼睑盖住眸子，小红脚刚好给胸脯上长长的绒毛盖住。我轻轻抬一抬肩，它没醒，睡得好熟！还呷呷嘴，难道在做梦？

我笔尖一动，流泻下一时的感受：

信赖，往往创造出美好的境界。

花脸

　　做孩子的时候，盼过年的心情比大人来得迫切，吃穿玩乐花样都多，还可以把来拜年的亲友塞到手心里的一小红包压岁钱都积攒起来，做个小富翁。但对于孩子们来说，过年的魅力还有更一层深在的缘故，便是我要写在这几张纸上的。

　　每逢年至，小闺女们闹着戴绒花、穿红袄、嘴巴涂上浓浓的胭脂团儿；男孩子们的兴趣都在鞭炮上，我则不然，最喜欢的是买个花脸戴。这是种纸浆轧制成的面具，用掺胶的彩粉画上戏里边那些有名有姓、威风十足的大花脸。后边拴根橡皮条，往头上一套，自己俨然就变成那员虎将了。这花脸是依脸形轧的，眼睛处挖两个孔，可以从里边往外看。但鼻子和嘴的地方不通气儿，一戴上，好闷，还有股臭胶和纸浆的味儿；说出话来，声音变得低粗，却有大将威武不凡的气概，神气得很。

　　一年年根，舅舅带我去娘娘宫前年货集市上买花脸。过年时人都分外有劲，挤在人群里好费力，终于从挂满在一条横竿上的花花绿绿几十种花脸中，惊喜地发现一个。这花脸好大，好特别！通面赤红，一双墨眉，眼角雄俊地吊起，头上边凸起一块绿包头，长巾贴脸垂下，脸下边是用马尾做的很长的胡须。这花脸与那些愣头愣脑、傻头傻脑、神头鬼脸的都不一样。虽然毫不凶恶，却有股子凛然不可侵犯的庄重之气，咄咄逼人。叫我看得直缩脖子，要是把它戴在脸上，管叫别人也吓得缩脖子，我竟不敢用手指它，只是朝它扬下巴，说："我要那个大红脸！"

卖花脸的小罗锅儿，举竿儿挑下这花脸给我，龇着黄牙笑嘻嘻说："还是这小少爷有眼力，要做关老爷！关老爷还得拿把青龙偃月刀呢！我给您挑把顶精神的！"就着从戳在地上的一捆刀枪里，抽出一柄最漂亮的大刀给我。大红漆杆，金黄刀面，刀面上嵌着几块闪闪发光的小镜片，中间画一条碧绿的小龙，还拴一朵红缨子。这刀！这花脸！没想到一下得到两件宝贝。我高兴得只是笑，话都说不出。舅舅付了钱，坐三轮车回家时，我就戴着花脸，倚着舅舅的大棉袍执刀而立，一路引来不少人瞧我，特别是那些与我一般大的男孩子们投来艳羡的目光时，使我快活之极。舅舅给我讲了许多关公的故事，过五关、斩六将，温酒斩华雄。边讲边说："你好英雄呀！"好像在说我的光荣史。当他告我这把青龙偃月刀重八十斤，我简直觉得自己力大无穷。舅舅还教我用京剧自报家门的腔调说：

"我——姓关，名羽，字云长。"

到家，人人见人人夸，妈妈似乎比我更高兴。连总是厉害地板着脸的爸爸也含笑称我"小关公"。我推开人们，跑到穿衣镜前，横刀立马地一照，呀，哪里是小关公，我是大关公哪！

这样，整个大年三十我一直戴着花脸，谁说都不肯摘，睡觉时也戴着它，还是睡着后我妈妈轻轻摘下放在我枕边的，转天醒来头件事便是马上戴上，恢复我这"关老爷"的本来面貌。

大年初一，客人们陆陆续续来拜年，妈妈喊我去，好叫客人们见识见识我这关老爷。我手握大刀，摇晃着肩膀，威风地走进客厅，憋足嗓门叫道："我——姓关，名羽，字云长。"

客人们哄堂大笑，都说："好个关老爷，有你守家，保管大鬼小鬼进不来！"

我愈发神气，大刀呼呼抡两圈，摆个张牙舞爪的架势，逗得客人们笑个不停。只要客人来，妈妈就喊我出场表演。妈妈还给我换上只有三十夜拜祖宗时才能穿的那件青缎金花的小袍子。我成了全家过年的主角，连爸爸对我也另眼看待了。

我下楼一向不走楼梯。我家楼梯扶手是整根的光亮的圆木。下楼时便一条腿跨上去，"哧溜"一下滑到底。这时我就故意躲在楼上，等客人来突然由天而降，叫他们惊奇，效果会更响亮！

初一下午，来客进入客厅，妈妈一喊我，我跨上楼梯扶手飞骑而下，呜呀呀大叫一声闯进客厅，大刀上下一抡，谁知用力过猛，脚底没根，身子栽出去，"叭"的巨响，大刀正砍在花架上一尊插桃枝的大瓷瓶上，哗啦啦粉粉碎，只见瓷片、桃枝和瓶里的水飞向满屋，一个瓷片从二姑脸旁飞过，险些擦上了；屋内如淋急雨，所有人穿的新衣裳都是水渍；再看爸爸，他像老虎一样直望着我，哎哟，一根开花的小桃枝迎面飞去，正插在他梳得油光光的头发里。后来才知道被我打碎的是一尊祖传的乾隆官窑百蝶瓶，这简直是死罪！我坐在地上吓傻了，等候爸爸上来一顿狠狠的揪打。妈妈的神气好像比我更紧张，她一下抓不着办法救我，瞪大眼睛等待爸爸的爆发。

就在这生死关头，二姑忽然破颜而笑，拍着一双雪白的手说道：

"好呵，好呵，今年大吉大利，岁（碎）岁（碎）平安呀！哎，关老爷，干吗傻坐在地上，快起来，二姑还要看你耍大刀哪！"

谁知二姑这是使什么法术，绷紧的气势霎时就松开了。另一位姨婆马上应和说："旧的不去，新的不来，不除旧，不迎新。您等着瞧吧，今年非抱个大金娃娃不成，是吧！"她满脸欢笑朝我爸爸说，叫他应声。其他客人也一拥而上，说吉祥话，哄爸爸乐。

这些话平时根本压不住爸爸的火气，此刻竟有神奇的效力，迫使他不乐也得乐。过年乐，没灾祸。爸爸只得嘿嘿两声，点头说：

"呵，好、好、好……"

尽管他脸上的笑纹明显含着被克制的怒意，我却奇迹般地因此逃脱开一次严惩。妈妈对我丢了眼色，我立刻爬起来，拖着大刀，狼狈而逃。身后还响着客人们着意的拍手声、叫好声和笑声。

往后几天里，再有拜年的客人来，妈妈不再喊我，节目被取消了。我躲在自己屋里很少露面，那把大刀也掖在床底下，只是花脸依旧戴着，大概躲在这硬纸后边再碰到爸爸时有种安全感。每每从眼孔里望见爸爸那张阴沉含怒的脸，不再觉得自己是关老爷，而是个可怜虫了！

过了正月十五，大年就算过去了。我因为和妹妹争吃撤下来的祭灶用的糖瓜，被爸爸抓着腰提起来，按在床上死揍了一顿。我心里清楚，他是把打碎花瓶的罪过加在这件事上一起清算，因为他盛怒时，向我要来那把惹祸的大刀，用力折成段，大花脸也撕成碎片片。

从这事，我悟到一个祖传的概念：一年之中唯有过年这几天是孩子们的自由日，在这几天里无论怎样放胆去闹，也不会立刻得到惩罚。这便是所有孩子都盼望过年深在的缘故。当然那被撕碎的花脸也提醒我，在这有限的自由里可得勒着点自己，当心事后加倍地算账。

捅马蜂窝

  爷爷的后院虽小，它除去堆放杂物，很少人去，里边的花木从不修剪，快长疯了！枝叶纠缠，阴影深浓，却是鸟儿、蝶儿、虫儿们生存和嬉戏的一片乐土，也是我儿时的乐园。我喜欢从那爬满青苔的湿漉漉的大树干上，取下一只又轻又薄的蝉衣，从土里挖出筷子粗肥大的蚯蚓，把团团飞舞的小蛉虫赶到蜘蛛网上去。那沉甸甸压弯枝条的海棠果，个个都比市场买来的大。这里，最壮观的要数爷爷窗檐下的马蜂窝了，好像倒垂的一只大莲蓬，无数金黄色的马蜂爬进爬出，飞来飞去，不知忙些什么，大概总有百十只之多，以致爷爷不敢开窗子，怕它们中间哪个冒失鬼一头闯进屋来。

  "真该死，屋子连透透气儿也不能，哪天请人来把这马蜂窝捅下来！"奶奶总为这个马蜂窝生气。

  "不行，要蜇死人的！"爷爷说。

  "怎么不行？头上蒙块布，拿竹竿一捅就下来。"奶奶反驳道。

  "捅不得，捅不得。"爷爷连连摇手。

　　我站在一旁，心里却涌出一种捅马蜂窝的强烈欲望。那多有趣！当我给这个淘气的欲望鼓动得难以抑制时，就找来妹妹，趁着爷爷午睡的当儿，悄悄溜到从走廊通往后院的小门口。我脱下褂子蒙住头顶，用扣上衣扣儿的前襟遮盖下半张脸，只需一双眼。又把两根竹竿接绑起来，作为捣毁马蜂窝的武器。我和妹妹约定好，她躲在门里，把住关口，待我捅下马蜂窝，赶紧开门放我进来，然后把门关住。

　　妹妹躲在门缝后边，眼瞧我这非凡而冒险的行动，我开始有些迟疑，最后还是好奇战胜了胆怯。当我的竿头触到蜂窝的一刹那，好像听到爷爷在屋内呼叫，但我已经顾不得别的，一些受惊的马蜂"轰"地飞起来。我赶紧用竿头顶住蜂窝使劲地摇撼两下，只听"嗵"，一个沉甸甸的东西掉下来，跟着一团黄色的飞虫腾空而起，我扔掉竿子往小门那边跑，谁料到妹妹害怕，把门在里边插上，她跑了，将我关在门外。我一回头，只见一只马蜂径直而凶猛地朝我扑来，好像一架燃料耗尽、决心相撞的战斗机。这复仇者不顾一死而拼死的气势使我惊呆了。瞬间只觉眉心像被针扎似的剧烈地一疼，挨蜇了！我下意识地用手一拍，感觉我的掌心触到它可怕的身体。我吓得大叫，不知道谁开门把我拖到屋里。

　　当夜，我发了高烧。眉头处肿起一个枣大的疙瘩，自己都能用眼瞧见。家里人轮番用醋、酒、黄酱、万金油和凉手巾把儿，也没能使我那肿疮迅速消下来。转天请来医生，打针吃药，七八天后才渐渐复愈。这一下好不轻呢！我生病也没有过这么长时间，以致消肿后的几天里不敢到那通向后院的小走廊上去，生怕那些马蜂还守在小门口等着我。

过了些天，惊恐稍定，我去爷爷的屋子，他不在，隔窗看见他站在当院里，摆手召唤我去，我大着胆子去了。爷爷手指窗根处叫我看，原来是我捅掉的那个马蜂窝，却一只马蜂也不见了，好像一只被丢弃的干枯的大莲蓬头。爷爷又指了指我的脚下，一只马蜂！我惊吓得差点叫起来，慌忙跳开。

"怕什么，它早死了！"爷爷说。"这就是蜇你的那只马蜂，可能被你那一拍，拍死的。"

仔细瞧，噢，原来是死的。仰面朝天躺在地上，几只黑蚂蚁在它身上爬来爬去。

"马蜂就是这样，你不惹它，它不蜇你。"爷爷说。

"那它干吗还要蜇我呢，这样它自己不也完了吗？"

"你毁了它的家——那是多大一个家呀！它当然要跟你拼命地！"爷爷说。

我听了心里暗暗吃惊，一只小虫竟有这样的激情和勇气。低头再瞧瞧这只马蜂，微风吹着它，轻轻颤动，好似活了一般。我不禁想起那天它朝我猛扑过来时那副视死如归的架势，与毁坏它们生活的人拼出一切，真像一个英雄……我面对这壮烈牺牲的小飞虫的尸体，似乎有种罪孽感沉重地压我的心上。

那一窝马蜂呢，被我扰得无家可归的一群呢，它们还会不会回来重建家园？我甚至想用胶水把那只空空的蜂窝粘上去。

这一年，我经常站在爷爷的后院里，始终没有等来一只马蜂。

转年开春，有两只马蜂飞到爷爷的窗檐下，落到被晒暖了的木窗框上，然后还在过去的旧巢的残迹上爬了一阵子，跟着飞去而不再来。空空又是一年。

第三年，风和日丽之时，爷爷忽叫我抬头看，隔着窗玻璃看见窗檐下几只赤黄色的马蜂忙来忙去。在这中间，我忽然看到，一个小巧的、银灰色的、第一间蜂窝已经筑成了。

于是，我和爷爷面对面开颜而笑，笑得十分舒心。我不由得暗暗告诉自己，再不做一件伤害旁人的事。

黄山绝壁松

黄山以石奇云奇松奇名天下。然而登上黄山，给我以震动的是黄山松。

黄山之松布满黄山。由深深的山谷至大大小小的山顶，无处无松。可是我说的松只是山上的松。

山上有名气的松树颇多。如迎客松、望客松、黑虎松、连理松等等，都是游客们竞相拍照的对象。但我说的不是这些名松，而是那些生在极顶和绝壁上不知名的野松。

黄山全是石峰。裸露的巨石侧立千仞，光秃秃没有土壤，尤其那些极高的地方，天寒风疾，草木不生，苍鹰也不去那里，一棵棵松树却破石而出，伸展着优美而碧绿的长臂，显示其独具的气质。世人赞叹它们独绝的姿容，很少去想在终年的烈日下或寒飙中，它们是怎样存活和生长的？

一位本地人告诉我，这些生长在石缝里的松树，根部能够分泌一种酸性的物质，腐蚀石头的表面，使其化为养分被自己吸收。为了从石头里寻觅生机，也为了牢牢抓住绝壁，以抵抗不期而至的狂风的撕扯与摧折，它们的根日日夜夜与石头搏斗着，最终不可思议地穿入坚如钢铁的石体。细心便能看到，这些松根在生长和壮大时常常把石头从中挣裂！还有什么树木有如此顽强的生命力？

我在迎客松后边的山崖上仰望一处绝壁，看到一条长长的石缝里生着一株幼小的松树。它高不及一米，却旺盛而又有活力。显然曾有一颗松籽飞落到这里，在这冰冷的石缝间，什么养料也没有，它却奇迹般生根发芽，生长起来。如此幼小的树也能这般顽强？这力量是来自物种本身，还是在一代代松树坎坷的命运中磨砺出来的？我想，一定是后者。我发现，山上之松与山下之松决不一样。那些密密实实拥挤在温暖的山谷中的松树，干直枝肥，针叶鲜碧，慵懒而富态；而这些山顶上的绝壁松却是枝干瘦硬，树叶黑绿，矫健又强悍。这绝壁之松是被恶劣与凶险的环境强化出来的。它遒劲和富于弹性的树干，是长期与风雨搏斗的结果；它远远地伸出的枝叶是为了更多地吸取阳光……这一代代艰辛的生存记忆，已经化为一种个性的基因，潜入绝壁松的骨头里。为此，它们才有着如此非凡的性格与精神。

它们站立在所有人迹罕至的地方。那些荒峰野岭的极顶，那些下临万丈的悬崖峭壁，那些凶险莫测的绝境，常常可以看到三两棵甚至只有一棵孤松，十分夺目地立在那里。它们彼此姿态各异，也神情各异，或英武，或肃穆，或孤傲，或寂寞。远远望着它们，会心生敬意；但它们——只有站在这些高不可攀的地方，才能真正看到天地的浩荡与博大。

于是，在大雪纷飞中，在夕阳残照里，在风狂雨骤间，在云烟明灭时，这些绝壁松都像一个个活着的人：像站立在船头镇定又从容地与激浪搏斗的艄公，战场上永不倒下的英雄，沉静的思想者，超逸又具风骨的文人……在一片光亮晴空的映衬下，它们的身影就如同用浓墨画上去的一样。

但是，别以为它们全像画中的松树那么漂亮。有的枝干被飓风吹折，暴露着断枝残干，但另一些枝叶仍很苍郁；有的被酷热与冰寒打败，只剩下赤裸的枯骸，却依旧尊严地挺立在绝壁之上。于是，一个强者应当有的品质——刚强、坚韧、适应、忍耐、奋进与自信，它全都具备。

现在可以说了，在黄山这些名绝天下的奇石奇云奇松中，石是山的体魄，云是山的情感，而松——绝壁之松是黄山的灵魂。

绵山奇观记

凡是名山，必有奇观。何谓奇观，天下罕见之神奇者也。那么，深藏在三晋腹地的绵山呢？

绵山以寒食清明节的发源地闻名于世。也许是寒食清明的名气太大，遮掩了它种种的神奇。前不久，去到绵山拜谒大情大义的介子推墓，进山一看，吃了一惊，绵山竟藏龙卧虎有此绝世的奇观！

归来与友人侃一侃绵山的见闻。友人便给我出一道题："你能给绵山的神奇起个名目吗？"我说："至少三大奇观。"友人说："说说看，哪三样奇观。不过，每一样必能称奇于天下，方可谓之奇观。"我听罢笑而道来——

第一样是佛教奇观：全身舍利。

早听说古代高僧修成正果，圆寂之后，身体不坏，僧人们便请来彩塑工匠，以泥土包其身，依其容塑其形。佛教中，高僧尸体火化后米粒状的凝结物，称作舍利，并视作勤修得来功德的成果与标志。而这种圆寂后身体不坏的高僧更具同样的意义，故称全身舍利。一般的佛像都是用泥土草木塑造的，全身舍利却有高僧的身体与精神在其中，自然对敬奉者有一种震撼力和影响力。要有怎样坚定的意志和信念，才能成就这样的全身舍利？

所有全身舍利都是古代留下来的。如今不再有了，故极其珍罕。然而，谁会想到绵山上竟还有十四五尊之多！大都完好地保存在云峰山顶上的正果寺中。

在古代绵山，修炼一生的高僧，自知大限将至，便由一根铁索攀至山顶，或通过一个临时搭架的木梯爬到悬崖绝壁上天然的洞穴里，停食净身，结跏趺坐，瞑目凝神，安然真寂。据说只有真正修成的高僧才能肉身不腐。如今绵山正果寺中东西殿的全身舍利共十二尊。由于身体风干后抽缩，体量显得比常人略小，其神气却栩栩如生。三晋彩塑艺人的技术真是高超绝伦，居然把每一位"包塑真容"的高僧的个性都传达出来。有的仁慈和善，有的忧患悲悯，有的明澈空灵，有的沉静淡定。他们大多是唐宋金元几代的高僧，至今最少也七八百甚至上千年！岁月太长，泥皮破裂，里边露出僧袍；那位唐代天宝年间的高僧师显的脚指甲也能清晰地看到呢！历史赤裸裸和千真万确地呈现在眼前。一种坚韧追求的精神得到见证，令人敬佩。当今世上哪里还能见到这样的佛教奇观？

再一样是山水的奇观。

先说山。绵山以石为骨骼，土为血肉，树为衣衫。山多巨岩，往往直立百丈，巍然博大，颇为壮观。最奇特的是这些巨岩的半腰或下部，常常向内深凹进去，有如大汉吸腹，深邃如洞。里边既宁静又安全，无风无雨，冬暖夏凉。绵山里这种内凹的岩洞随处可见，最大的要算是云峰寺山的抱腹岩，中间竟然凹进去五六十米，高五六十米，宽竟达二百米！古人早就看上这大自然神奇的恩赐，便在这巨大而幽深的岩腹里建庙筑寺。自三国以降，历代修建的庙寺层层叠叠，高低错落，优美异常。年年逢到庙会，来朝拜的香客多达万人。一时香烟缭绕，溢满岩腹。这样的奇观何处之有？

原以为绵山多石，水必定少。山里的人却告我一句不可思议的话："绵山山有多高，水有多高。"待我山上山下留心察看，竟然真的如此。不单溪水在谷底奔流，就连近两千米的龙脊岭和李姑岩的极顶也可以见到泉水从石缝里涓涓冒出。奇怪的是，这些水好似从石头里溢出来的。有的像雨水一样滴滴答答落下来，有的汇成细流沿着石壁蜿蜒而下，有的从岩石里渗到表面湿漉漉地洇成一片，难道绵山的石头里都是水——就像古人所说好的石头都是"负土胎泉"？

绵山最神奇的水莫过于圣乳泉。圣乳泉在一块巨大的石壁上。但不是挂在石壁之上，而是从岩石的裂缝或洞眼里一点点淌出来的。时间太久，渐成石乳，饱满地隆起在岩壁上。这泉水便沿着圆圆的石乳头亮晶晶地滴下。

关于圣乳泉的传说，与寒食节有关。据说那位春秋时晋国大臣介子推搀扶母亲避火来到这里，一时口渴难忍，正巧绵山的五龙圣母路经此地，解开衣襟以乳水相救。但是火太大了，把圣母的双乳烧成石乳，五龙圣母就把石乳留在这里，以帮助山中口渴的人。人们感激圣母，称之为圣乳泉或母奶泉。据说这圣乳慈爱有灵，每 100 年会再生出一对石乳来。从春秋至今 2500 年，岩壁上大大小小的石乳已生出 25 对。大的如枕头，小的似南瓜。而且全都是对对成双，酷似妇女的双乳。如果饮一口这圣乳滴下的泉水，还真的甘甜清冽，沁人心脾！传说的圣乳是一种理想，现实的石乳却更奇异。所有石乳都长满厚厚的生气盈盈的绿苔，好似毛茸茸翠绿色的乳罩。有时上边还生出一种紫色小花，娇艳可爱。

这美丽而神奇的圣乳不是绵山独有的奇观吗？

更加惊心动魄的绵山奇观是挂祥铃。

这个原本在唐代是一种祈雨谢佛的法事活动，渐渐已演化为绵山一带的民间习俗。

绵山的挂祥铃在抱腹岩的空王寺。人们在寺中拜求空王佛许愿或还愿之后，便请专事挂铃的艺人上山，将一只水罐大小的铜铃挂在岩腹上方陡峭的岩壁上。挂铃之举十分惊险。艺人先要爬到山顶，将一条绳索系在松树上，然后扯住绳索一点点降落下来，直至岩腹上方，遂以绳荡身，直到贴附岩壁，再把铜铃牢牢挂在洞口上方的岩壁上。整个过程令人心惊胆战。艺人只身悬吊，下临无地，全凭一根绳索，需要非凡的胆量与技能，是不是非此不能表达对佛的虔敬？故而，每每将铜铃挂好，随即燃放红鞭一挂，以庆事成，亦报吉祥。

挂祥铃这个古俗为绵山人所喜爱，千年不绝。如今抱腹岩洞口挂着铜铃密密麻麻一片，山风吹来，铃声叮当，清脆悠远，与下边寺庙中的钟鼓和梵乐合奏成乐，悦耳亦悦心。此情此景此民俗。何处还有？

友人听我讲到这里，已然目怔口呆。他的眼神似在问我还有什么奇观。

我说，山里的人们陪我登上龙脊岭时，遥指远处叫我看。只见起伏的山影宛如蓝色波涛，重重叠叠；其中几个峰巅，似有小屋。他们说，那山顶上近一处叫草庵，远一处叫茅庵，都是古庙，由于山高路远，没人去过。那儿有何奇人奇物奇事奇观，尚不可知。我所见到的绵山奇观，不过是厚厚的一本书前边的几十页而已。

世俗奇人

"俺们哪里有近道，还不和你们是一条道？

你们是走得快，可是你们在路上东看西看，

玩玩闹闹，总停下来呗！俺们跟你们不一样。

不能像你们在路上那么随便，高兴怎么就怎么。

一步踩不实不行，停停住住更不行。

那样，两天也到不了山顶。就得一个劲儿往前走。别看俺们慢，

走长了就跑到你们前边去了。瞧，是不是这个理儿？"

快手刘

    人人在童年，都是时间的富翁。胡乱挥霍也使不尽。有时待在家里闷得慌，或者父亲嫌我太闹，打发我出去玩玩儿，我就不免要到离家很近的那个街口，去看快手刘变戏法。

    快手刘是个撂地摆摊卖糖的胖大汉子。他有个随身背着的漆成绿色的小木箱，在哪儿摆摊就把木箱放在哪儿。箱上架一条满是洞眼的横木板，洞眼插着一排排廉价而赤黄的棒糖。他变戏法是为吸引孩子们来买糖。戏法十分简单，俗称"小碗扣球"。一块绢子似的黄布铺在地上，两个白瓷小茶碗，四个滴溜溜的大红玻璃球儿，就这再普通不过的三样道具，却叫他变得神出鬼没。他两只手各拿一个茶碗，你明明看见每个碗下边扣着两个红球儿，你连眼皮都没眨动一下，嘿！四个球儿竟然全都跑到一个茶碗下边去了，难道这球儿是从地下钻过去的？他就这样把两只碗翻来覆去，一边叫天喊地，东指一下手，西吹一口气，好像真有什么看不见的神灵做他的助手，四个小球儿忽来忽去，根本猜不到它们在哪里。这种戏法比舞台上的魔术难变，舞台只一边对着观众，街头上的土戏法，前后左右围着一圈人，人们的视线从四面八方射来，容易看出破绽。有一次，我亲眼瞧见他手指飞快地一动，把一个球儿塞在碗下边扣住，便禁不住大叫：

"在右边那个碗底下哪，我看见了！"

"你看见了？"快手刘明亮的大眼珠子朝我惊奇地一闪，跟着换了一种正经的神气对我说："不会吧！你可得说准了。猜错就得买我的糖。"

"行！我说准了！"我亲眼所见，所以一口咬定。自信使我的声音非常响亮。

谁知快手刘哈哈一笑，突然把右边的茶碗翻过来。

"瞧吧，在哪儿呢？"

咦，碗下边怎么什么也没有呢？只有碗口压在黄布上一道圆圆的印子。难道球儿穿过黄布钻进左边那个碗下边去了？快手刘好像知道我怎么猜想，伸手又把左边的茶碗掀开，同样什么也没有！球儿都飞了？只见他将两只空碗对口合在一起，举在头顶上，口呼一声："来！"双手一摇茶碗，里面竟然哗哗响，打开碗一看，四个球儿居然又都出现在碗里边。怪，怪，怪！

四边围看的人发出一阵惊讶不已的唏嘘之声。

"怎么样？你输了吧！不过在我这儿输了决不罚钱，买块糖吃就行了。这糖是纯糖稀熬的，单吃糖也不吃亏。"

我臊得脸皮发烫，在众人的笑声里买了块棒糖，站在人圈后边去。从此我只站在后边看了，再不敢挤到前边去多嘴多舌。他的戏法，在我眼里真是无比神奇了。这也是我童年真正钦佩的一个人。

他那时不过四十多岁吧，正当年壮，精饱神足，肉重肌沉，皓齿红唇，乌黑的眉毛像用毛笔画上去的。他蹲在那里活像一只站着的大白象。一边变戏法，一边卖糖，发亮而外凸的眸子四处流盼，照应八方；满口不住说着逗人的笑话。一双胖胖的手，指肚滚圆，却转动灵活，那四个小球就在这双手里忽隐忽现。我当时有种奇想，他的手好像是双层的，小球时时藏在夹层里。唉唉，孩提时代的念头，现在不会再有了。

这双异常敏捷的手，大概就是他绰号"快手刘"的来历。他也这样称呼自己，以致在我们居住的那一带无人不知他的大名。我童年的许多时光，就是在这最最简单又百看不厌的土戏法里，在这一直也不曾解开的迷阵中，在他这双神奇莫测、令人痴想不已的快手之间消磨的。他给了我多少好奇的快乐呢？

那些伴随着童年的种种人和事，总要随着童年的消逝而远去。我上中学以后就不常见到快手刘了。只是路过那路口时，偶尔碰见他。他依旧那样兴冲冲地变"小碗扣球"，身旁摆着插满棒糖的小绿木箱。此时我已经是懂事的大孩子了，不再会把他的手想象成双层的，却依然看不出半点破绽，身不由己地站在那里，饶有兴致地看了一阵子。我敢说，世界上再好的剧目，哪怕是易卜生和莎士比亚，也不能像我这样成百上千次看个不够。

我上高中是在外地。人一走，留在家乡的童年和少年就像合上的书。往昔美好的故事，亲切的人物，甜醉的情景，就像鲜活的花瓣夹在书页里，再翻开都变成了干枯了的回忆。谁能使过去的一切复活？那去世的外婆、不知去向的挚友，妈妈乌黑的卷发，久已遗失的那些美丽的书，那跑丢了的绿眼睛的小白猫……还有快手刘。

高中二年级的暑期，我回家度假。一天在离家不远的街口看见十多个孩子围着什么又喊又叫。走近一看，心中怦然一动，竟是快手刘！他依旧卖糖和变戏法，但人已经大变样子。十年不见，他好像度过了二十年。模样接近了老汉。单是身旁摆着的那只木箱，就带些凄然的样子。它破损不堪，黑乎乎，黏腻腻，看不出一点先前那悦目的绿色。横板上插糖的洞孔，多年来给棒糖的竹棍捅大了，插在上边的棒糖东倒西歪。再看他，那肩上、背上、肚子上、臂上的肉都到哪儿去了呢，饱满的曲线没了，衣服下处处凸出尖尖的骨形来；脸盘仿佛小了一圈，眸子无光，更没有当初左顾右盼、流光四射的精神。这双手尤其使我动心——他分明换了一双手！手背上青筋缕缕，污黑的指头上绕着一圈圈皱纹，好像吐尽了丝而皱缩下去的老蚕……于是，当年一切神秘的气氛和绝世的本领都从这双手上消失了。他抓着两只碗口已经碰得破破烂烂的茶碗，笨拙地翻来翻去，那四个小球儿，一会儿没头没脑地撞在碗边上，一会儿从手里掉下来。他的手不灵了！孩子们叫起来："球在那儿呢！""在手里哪！""指头中间夹着哪！"在这喊声里，他一慌张，手就愈不灵，抖抖索索搞得他自己也不知道球儿都在哪里了。无怪乎四周的看客只是寥寥一些孩子。

"在他手心里，没错！决没在碗底下！"有个光脑袋的胖小子叫道。

我也清楚地看到，在快手刘扣过茶碗的时候，把地上的球儿取在手中。这动作缓慢迟钝，失误就十分明显。孩子们吵着闹着叫快手刘张开手，快手刘的手却攥得紧紧的，朝孩子们尴尬地掬出笑容。这一笑，满脸皱纹都挤在一起，好像一个皱纸团。他几乎用请求的口气说：

"是在碗里呢！我手里边什么也没有……"

当年神气十足的快手刘哪会用这种口气说话？这些稚气又认真的孩子们偏偏不依不饶，非叫快手刘张开手不可。他哪能张手，手一张开，一切都完了。我真不愿意看见快手刘这一副狼狈的、惶惑的、无措的窘态，多么希望他像当年那次——由于我自作聪明，揭他老底，迫使他亮出一个捉摸不透的绝招。小球突然不翼而飞，呼之即来。如果他再使一下那个绝招，叫这些不知轻重的孩子们领略一下名副其实的快手刘而瞠目结舌多好！但他老了，不再会有那花好月圆的岁月年华了。

我走进孩子们中间，手一指快手刘身旁的木箱说：

"你们都说错了，球儿在这箱子上呢！"

孩子们给我这突如其来的话弄得莫名其妙，都瞅那木箱，就在这时，我眼角瞥见快手刘用一种尽可能的快速度把手里的小球塞到碗下边。

"球在哪儿呢？"孩子们问我。

快手刘笑呵呵翻开地上的茶碗说：

"瞧，就在这儿哪！怎么样？你们说错了吧，买块糖吧，这糖是纯糖熬的，单吃糖也不吃亏。"

孩子们给骗住了，再不喊闹，一两个孩子掏钱买糖，其余的一哄而散。随后只剩下我和从窘境中脱出身来的快手刘，我一扭头，他正瞧我。他肯定不认识我。他皱着花白的眉毛，饱经风霜的脸和灰蒙蒙的眸子里充满疑问，显然他不明白，我这个陌生的青年何以要帮他一下。

挑山工

一

你见过泰山的挑山工吗？这是种很奇特的人！

不知别处对这种运货上山的民夫怎样称呼。这儿习惯叫作挑山工。单从"挑山"二字就可以体会出这种工作非凡的艰辛。肩挑着百十斤的重物，从山下直挑到烟云缭绕、鸟儿都难飞得上去的山顶，谁敢一试？更何况，这被誉为"五岳之首"的泰山，自有其巍巍而不可征服的威势。从山根直至极顶处，一条道儿，全是高高的石头台阶，简直就是一架直上直下的万丈天梯。在通向南天门的十八盘道上，那些游山来的健壮的男儿，也不免气喘吁吁；一般人更是精疲力竭，抓着道旁的铁栏，把身子一点点往上移。每爬上十来磴台阶，就要停下来歇一歇。只有这时，你碰到一个挑山工——他给重重的挑儿压塌了腰，汗水湿透农衫，两条腿上的肌条筋缕都清晰地凸现在外，默不作声，一步一步，吃力又坚韧地走过你身旁，登了上去。你那才算是约略知道"挑山"二字的滋味……

挑山工，大概自古就有。山头那些千年古刹所用的一切建筑材料，都是从山下运上来的。你瞧着这些构造宏伟的古建筑上巨大的梁柱础石、沉重的铜砖铁瓦，再低头俯望一条灰白的山路，如同一根细绳，蜿蜒曲折，没入茫茫的谷底。你就会联想到，当年为了建造这些庙宇寺观，为了这壮观的美，挑山工们付出了怎样艰巨和惊人的劳动！

我少时来游泰山，山顶上还有三四十户人家，家中的男人大多是挑山工，给山上的国营招待所运送食品货物以为生计。清早，他们拿了扁担绳索，带着晨风晓露下山去，后晌随着一片暮云夕阳，把货物挑上山来。星光烁烁时，家家都开夜店，留宿在山头住一夜而打算转天早起观瞻日出的游人，收费却比国营招待所低廉。他们的屋子是石头垒的。山上风大，小屋都横竖卧在山道两旁的凹处，屋顶与道面一般平。屋里边简陋得几乎什么也没有，用来招待客人的，只有一条脏被和热开水。为了招待主顾，各家门首还挂着一个小幌牌，写着店名，有的叫"棒槌店"，就在木牌两边挂一对小木棒槌；有的叫"勺儿店"，便挂一对乌黑的小生铁勺儿；下边拴些红布穗子，随风摇摆，叮当轻响。不过，你在这店里睡不好觉。劳累了一天的挑山工和客人们睡在一张炕上。他们要整整打上一夜松涛般呼呼作响的鼾声……

在这些小石屋中间，摆着一件非常稀罕的东西。远看一人多高，颜色发黑，又圆又粗，两个人才能合抱过来。上边缀满繁密而细碎的光点，熠熠闪烁。好像一块巨型的金星石。近处一看，原来是一口特大的水缸，缸身满是裂缝，那些光点竟是数不清的联合破缝的锔子，估计总有一两千个。颇令人诧异。我问过山民，才知道，山顶没有泉眼，缺水吃，山民们用这口缸储存雨水。为什么打了这么多锔子呢？据说，三百多年前，山上住着一百多户人家。每天人们要到半山间去取水，很辛苦。一年，从这些人家中，长足了八个膀大腰圆、力气十足的小伙子。大家合计一下，在山下的泰安城里买了这口大缸。由这八个小伙子出力，整整用了七七四十九天，才把大缸抬到山顶。以后，山上人家愈来愈少，再也不能凑齐那样八个健儿，抬一口新缸来。每次缸裂了，便到山下请上来一位锔缸的工匠，锔上裂缝。天长日久，就成了这样子。

听了这故事，你就不会再抱怨山顶饭菜价钱的昂贵。山上烧饭用的煤，也是一块块挑上来的呀！

二

在泰山上，随处都可以碰到挑山工。他们肩上架一根光溜溜的扁担，两端翘起处，垂下几根绳子，拴挂着沉甸甸的物品。登山时，他们的一条胳膊搭在扁担上，另一条胳膊垂着，伴随登踏的步子有节奏地一甩一甩，以身体保持平衡。他们的路线是折尺形的——先从台阶的左侧起步，斜行向上，登上七八级，就到了台阶另一端；便转过身子，反方向斜行，到一端再转回来，一曲一折向上登。每次转身，扁担都换一次肩，这样才能使垂挂在扁担前头的东西不碰在台阶的边沿上，也为了省力气。担了重物，照一般登山的人那样直上直下，膝头是受不住的，但路线曲折，就使路线加长。挑山工登一次山，走的路程大约比游人多一倍！

你来游山，一路上观赏着山道两旁的奇峰异石、巉岩绝壁、参天古木、飞烟流泉，心情喜悦，步子兴冲冲。可是当你走过这些肩挑重物的挑山工的身旁时，你会禁不住用一种同情的目光，注视他们一眼。你会因为自己身无负载而倍觉轻松，反过来，又为他们感到吃力和劳苦，心中生出一种负疚似的情感……而他们呢？默默地，不动声色，也不同游人搭话——除非向你问问时间。一步步慢吞吞地走自己的路。任你怎样嬉叫闹喊，也不会惊动他们。他们却总用一种缓慢又平均的速度向上登，很少停歇。脚底板在石阶上发出坚实有力的嚓嚓声。在他们走过之处，常常会留下零零落落的汗水的滴痕……

奇怪的是，挑山工的速度并不比你慢。你从他们身边轻快地超越过去，自觉把他们甩在后边很远。可是，你在什么地方饱览四外雄美的山色；或在道边诵读与抄录凿刻在石壁上的爬满青苔的古人的题句；或在喧闹的溪流前洗脸濯足，他们就会在你身旁慢吞吞、不声不响地走过去，悄悄地超过了你。等你发现他走在你的前头时，会吃一惊，茫然不解，以为他们是像仙人那样腾云驾雾赶上来的。

有一次，我同几个画友去泰山写生，就遇到过这种情况。我们在山下的斗姥宫前买登山用的青竹杖时，遇到一个挑山工。矮个子，脸儿黑生生，眉毛很浓，大约四十来岁；敞开的白土布褂子中间露出鲜红的背心。他扁担一头拴着几张黄木凳子，另一头捆着五六个青皮西瓜，我们很快就越过了他。可是到了回马岭那条陡直的山道前，我们累了，舒开身子，躺在一块平平的被山风吹得干干净净的大石头上歇歇脚。这当儿，竟发现那挑山工就坐在对面的草茵上抽着烟。随后，我们差不多同时起程，很快就把他甩在身后，直到看不见。但当我爬上半山的五松亭时，却见他正在那株姿态奇特的古松下整理他的挑儿。褂子脱掉，现出黑黝黝、健美的肌肉和红背心。我颇感惊异，走过去假装问道，让支烟，跟着便没话找话，和他攀谈起来。这个山民倒不拘束，挺爱说话。他告诉我，他家住在山脚下，天天挑货上山。一年四季，一天一个来回。他干了近二十年。然后他说："您看俺个子小吗？干挑山工的，长年给扁担压得长不高，都是又矮又粗的。像您这样的高个儿干不了这种活儿。走起来，晃晃悠悠哪！"

他逗趣似的一抬浓眉，咧开嘴笑了，露出皓白的牙齿。山民们喝泉水，牙齿都很白。

这么一来，谈话更随便些，我把心中那个不解之谜说出来：

"我看你们走得很慢，怎么反而常常跑到我们前边来了呢？你们有什么近道儿吗？"

他听了，黑生生的脸上显出一丝得意的神色。他吸一口烟，吐出来，好像做了一点思考，才说：

"俺们哪里有近道，还不和你们是一条道？你们是走得快，可是你们在路上东看西看，玩玩闹闹，总停下来呗！俺们跟你们不一样。

不能像你们在路上那么随便，高兴怎么就怎么。一步踩不实不行，停停住住更不行。那样，两天也到不了山顶。就得一个劲儿往前走。别看俺们慢，走长了就跑到你们前边去了。瞧，是不是这个理儿？"

我笑吟吟，心悦诚服地点着头。我感到这山民的几句朴素的话里，似乎包蕴着一种意味深长的哲理，一种切实而朴素的思想。我来不及细细嚼味，作些引申，他就担起挑儿起程了。在前边的山道上，在我流连山色之时，他还是悄悄超过了我，提前到达山顶。我们在极顶的小卖部门前碰见他，他正在那里交货。我们的目光相遇时，他略表相识地点头一笑，好像对我说：

"瞧，俺可又跑到你们前头来了！"

我自泰山返回家后，就画了一幅画——在陡直而似乎没有尽头的山道上，一个穿红背心的挑山工给肩头的重物压弯了腰，却一步步、不声不响、坚韧地向上登攀。多年来，这幅画一直挂在我的书桌前，不肯换掉，因为我需要它……

刷子李

　　码头上的人，全是硬碰硬。手艺人靠的是手，手上就必得有绝活。有绝活的，吃荤，亮堂，站在大街中央；没能耐的，吃素，发蔫，靠边待着。这一套可不是谁家定的，它地地道道是码头上的一种活法。自来唱大戏的，都讲究闯天津码头。天津人迷戏也懂戏，眼刁耳尖，褒贬分明。戏唱得好，下边叫好捧场，像见到皇上，不少名角便打天津唱红唱紫、大红大紫；可要是稀松平常，要哪没哪，戏唱砸了，下边一准起哄喝倒彩，弄不好茶碗摇篮上去；茶叶末子沾满戏袍和胡须上。天下看戏，哪儿也没天津倒好叫得厉害。您别说不好，这一来也就练出不少能人来。各行各业，全有几个本领齐天的活神仙。刻砖刘、泥人张、风筝魏、机器王、刷子李等等。天津人好把这种人的姓，和他们拿手擅长的行当连在一起称呼。叫长了，名字反没人知道。只有这一个绰号，在码头上响当当和当当响。

　　刷子李是河北大街一家营造厂的师傅。专干粉刷一行，别的不干。他要是给您刷好一间屋子，屋里任嘛甭放，单坐着，就赛升天一般美。最别不叫绝的是，他刷浆时必穿一身黑，干完活，身上绝没有一个白点。别不信！他还给自己立下一个规矩，只要身上有白点，白刷不要钱。倘若没这一本事，他不早饿成干儿了？

但这是传说。人信也不会全信。行外的没见过的不信，行内的生气愣说不信。

一年的一天，刷子李收个徒弟叫曹小三。当徒弟的开头都是端茶、点烟，跟在屁股后边提东西。曹小三当然早就听说过师傅那手绝活，一直半信半疑这回非要亲眼瞧瞧。

那天，头一次跟随师傅出去干活，到英租界镇南道给李善人新造的洋房刷浆。到了那儿，刷子李跟随管事的人一谈，才知道师傅派头十足。照他的规矩一天只刷一间屋子。这洋楼大小九间屋，得刷九天。干活前，他把随身带的一个四四方方的小包袱打开，果然一身黑衣黑裤，一双黑布鞋。穿上这身黑，就赛跟地上一桶白浆较上了劲。

一间屋子，一个屋顶四面墙，先刷屋顶后刷墙。顶子尤其难刷，蘸了稀溜溜粉浆的板刷往上一举，谁能一滴不掉？一掉准掉在身上。可刷子李一举刷子，就赛没有蘸浆。但刷子划过屋顶，立时匀匀实实一道白，白得透亮，白得清爽。有人说这蘸浆的手臂悠然摆来，悠然摆去，好赛伴着鼓点，和着琴音，每一摆刷，那长长的带浆的毛刷便在墙面"啪"的清脆一响，极是好听。啪啪声里，一道道浆，衔接得天衣无缝，刷过去的墙面，真好比平平整整打开一面雪白的屏障。可是曹小三最关心的还是刷子李身上到底有没有白点？

刷子李干活还有个规矩，每刷完一面墙，必得在凳子上坐一大会儿，抽袋烟，喝一碗茶，再刷下一面墙。此刻，曹小三借着给师傅倒水点烟的机会，拿目光仔细搜索刷子李的全身。每一面墙刷完，他搜索一遍，居然连一个芝麻大小的粉点也没发现。他真觉得这身黑色的衣服有种神圣不可侵犯的威严。

可是，当刷子李刷完最后一面墙，坐下来，曹小三给他点烟时，竟然瞧见刷子李裤子上出现一个白点，黄豆大小。黑中白，比白中黑更扎眼。完了！师傅露馅了，他不是神仙，往日传说中那如山般的形象轰然倒去。但他怕师父难堪，不敢说，也不敢看，可忍不住还要扫一眼。

这时候，刷子李忽然朝他说话："小三，你瞧见我裤子上的白点了吧。你以为师傅的能耐有假，名气有诈，是吧。傻小子，你再细瞧瞧吧——"

说着，刷子李手指捏着裤子轻轻往上一提，那白点即刻没了，再一松手，白点又出现，奇了！他凑上脸用神再瞧，那白点原是一个小洞！刚才抽烟时不小心烧的。里边的白衬裤打小洞透出来，看上去就跟粉浆落上去的白点一模一样！

刷子李看着曹小三发怔发傻的模样，笑道："你以为人家的名气全是虚的？那你是在骗自己。好好学本事吧！"

曹小三学徒头一天，见到听到学到的，恐怕别人一辈子也未准明白呢！

好嘴杨巴

　　津门胜地，能人如林，此间出了两位卖茶汤的高手，把这种稀松平常的街头小吃，干得远近闻名。这二位，一位胖黑敦厚，名叫杨七；一位细白精明，人称杨八。杨七杨八，好赛哥俩，其实却无亲无故，不过他俩的爹都姓杨罢了。杨八本名杨巴，由于"巴"与"八"音同，杨巴的年岁长相又比杨七小，人们便错把他当成杨七的兄弟。不过要说他俩的配合，好比左右手，又非亲兄弟可比。杨七手艺高，只管闷头制作；杨巴口才好，专管外场照应，虽然里里外外只这两人，既是老板又是伙计，闹得却比大买卖还红火。

　　杨七的手艺好，关键靠两手绝活。

　　一般茶汤是把秫米面沏好后，捏一撮芝麻洒在浮头，这样做香味只在表面，愈喝愈没味儿。杨七自有高招，他先盛半碗秫米面，便洒上一次芝麻，再盛半碗秫米面，沏好后又洒一次芝麻。这样一直喝到见了碗底都有香味。

　　他另一手绝活是，芝麻不用整粒的，而是先使铁锅炒过，再拿擀面杖压碎。压碎了，里面的香味才能出来。芝麻必得炒得焦黄不糊，不黄不香，太糊便苦；压碎的芝麻粒还得粗细正好，太粗费嚼，太细也就没嚼头了。这手活儿别人明知道也学不来。手艺人的能耐全在手上，此中道理跟写字画画差不多。

可是，手艺再高，东西再好，拿到生意场上必得靠人吹。三分活，七分说，死人说活了，破货变好货，买卖人的功夫大半在嘴上。到了需要逢场作戏、八面玲珑、看风使舵、左右逢源的时候，就更指着杨巴那张好嘴了。

那次，李鸿章来天津，地方的府县道台费尽心思，究竟拿嘛样的吃喝才能把中堂大人哄得高兴？京城豪门，山珍海味不新鲜，新鲜的反倒是地方风味小吃，可天津卫的小吃太粗太土：熬小鱼刺多，容易卡嗓子；炸麻花梆硬，弄不好硌牙。琢磨三天，难下决断，幸亏知府大人原是地面上走街串巷的人物，嘛都吃过，便举荐出"杨家茶汤"；茶汤黏软香甜，好吃无险，众官员一齐称好，这便是杨巴发迹的缘由了。

这日下晌，李中堂听过本地小曲莲花落子，饶有兴味，满心欢喜，撒泡热尿，身爽腹空，要吃点心。知府大人忙叫"杨七杨八"献上茶汤。今儿，两人自打到这世上来，头次里外全新，青裤青褂，白巾白袜，一双手拿碱面洗得赛脱层皮那样干净。他俩双双将茶汤捧到李中堂面前的桌上，然后一并退后五步，垂手而立，说是听候吩咐，实是请好请赏。

李中堂正要尝尝这津门名品，手指尖将碰碗边，目光一落碗中，眉头忽地一皱，面上顿起阴云，猛然甩手"啪"地将一碗茶汤打落在地，碎瓷乱飞，茶汤泼了一地，还冒着热气儿。在场众官员吓懵了，杨七和杨巴慌忙跪下，谁也不知中堂大人为嘛犯怒？

当官的一个比一个糊涂，这就透出杨巴的明白。他眨眨眼，立时猜到中堂大人以前没喝过茶汤，不知道洒在浮头的碎芝麻是嘛东西，一准当成不小心掉上去的脏土，要不哪会有这大的火气？可这样，难题就来了——

倘若说这是芝麻，不是脏东西，不等于骂中堂大人孤陋寡闻，没有见识吗？倘若不加解释，不又等于承认给中堂大人吃脏东西？说不说，都是要挨一顿臭揍，然后砸饭碗子。而眼下顶要紧的，是不能叫李中堂开口说那是脏东西。大人说话，不能改口。必须赶紧想辙，抢在前头说。

杨巴的脑筋飞快地一转两转三转，主意来了！只见他脑袋撞地，"咚咚咚"叩得山响，一边叫道："中堂大人息怒！小人不知道中堂大人不爱吃压碎的芝麻粒，惹恼了大人。大人不记小人过，饶了小人这次，今后一定痛改前非！"说完又是一阵响头。

李中堂这才明白，刚才茶汤上那些黄渣子不是脏东西，是碎芝麻。明白过后便想，天津卫九河下梢，人性练达，生意场上，心灵嘴巧。这卖茶汤的小子更是机敏过人，居然一眼看出自己错把芝麻当作脏土，而三两句话，既叫自己明白，又给自己面子。这聪明在眼前的府县道台中间是绝没有的，于是对杨巴心生喜欢，便说：

"不知者当无罪！虽然我不喜欢吃碎芝麻（他也顺坡下了），但你的茶汤名满津门，也该嘉奖！来人呀，赏银一百两！"

这一来，叫在场所有人摸不着头脑。茶汤不爱吃，反倒奖巨银，为嘛？傻啦？杨巴趴在地上，一个劲儿地叩头谢恩，心里头却一清二楚全明白。

自此，杨巴在天津城威名大震。那"杨家茶汤"也被人们改称作"杨巴茶汤"了。杨七反倒渐渐埋没，无人知晓。杨巴对此毫不内疚，因为自己成名靠的是自己一张好嘴，李中堂并没有喝茶汤呀！

泥人张

手艺道上的人，捏泥人的"泥人张"排第一。而且，有第一，没第二，第三差着十万八千里。

泥人张大名叫张明山。咸丰年间常去的地方有两处。一是东北角的戏剧大观楼，一是北关口的饭馆天庆馆。坐在那儿，为了瞧各种角色，去天庆馆要看人世间的各种角色。这后一种的样儿更多。

那天下雨，他一个人坐在天庆馆里饮酒，一边留神四下里吃客们的模样。这当儿，打外边进来三个人。中间一位穿的阔绰，大脑袋，中溜个子，挺着肚子，架势挺牛，横冲直撞往里走。站在迎门桌子上的"撂高的"一瞅，赶紧吆喝着："益照临的张五爷可是稀客，贵客，张五爷这儿总共三位——里边请！"

一听这喊话，吃饭的人都停住嘴巴，甚至放下筷子瞧瞧这位大名鼎鼎的张五爷。当下，城里城外最冲得要算这位靠着贩盐赚下金山的张锦文。他当年由于为盛京将军海仁卖过命，被海大人收为义子，排行老五，所以又有"海张五"一称。但人家当面叫他张五爷，背后叫他海张五。天津卫是做买卖的地界儿，谁有钱谁横，官儿也怵三分。

可是手艺人除外。手艺人靠手吃饭，求谁？怵谁？故此，泥人张只管饮酒，吃菜，西瞧东看，全然没把海张五当个人物。

但是不会儿，就听海张五那边议论起他来。有个细嗓门的说："人家台下一边看戏，一边手在袖子里捏泥人。捏完拿出来一瞧，台上的嘛样，他捏的嘛样。"跟着就是海张五的大粗嗓门说："在哪儿捏？在袖子里捏？在裤裆里捏吧！"随后一阵笑，拿泥人张找乐子。

这些话天庆馆里的人全都听见了。人们等着瞧艺高人胆大的泥人张怎么"回报"海张五。一个泥团儿砍过去？

只见人家泥人张听赛没听，左手伸到桌子下边，大鞋底下抠下一块泥巴。右手依然端杯饮酒，眼睛也只瞅着桌上的酒菜，这左手便摆弄起这团泥巴来；几个手指飞快捏弄，比变戏法的刘秃子的手还灵巧。海张五那边还在不停地找乐子，泥人张这边肯定把那些话在他手里这团泥上全找回来了。随后手一停，他把这团往桌上"叭"地一戳，起身去柜台结账。

吃饭的人伸脖一瞧，这泥人真捏绝了！就赛把海张五的脑袋割下来放在桌上一般。瓢似的脑袋，小鼓眼，一脸狂气，比海张五还像海张五。只是只有核桃大小。

海张五在那边，隔着两丈远就看出捏的是他，他朝着正出门的泥人张的背影叫道："这破手艺也想赚钱，贱卖都没人要。"

泥人张头都没回，撑开伞走了。但天津卫的事没有这样完的——

第二天，北门外估衣街的几个小杂货摊上，摆出来一排排海张五这个泥像，还加了个身子，大磨大样坐在那里。而且是翻模子扣的，成批生产，足有一二百个。摊上还都贴着个白纸条，上面写着：贱卖海张五。

估衣街上来来往往的人，谁看谁乐。乐完找熟人来看，再一块乐。

三天后，海张五派人花了大价钱，才把这些泥人全买走，据说连泥模子也买走了。泥人是没了，可"贱卖海张五"这事却传了一百多年，直到今儿个。

长衫老者

　　我幼时，家对门有条胡同，又窄又长，九曲八折，望进去深邃莫测。隔街是店铺集中的闹市，过往行人都以为这胡同通向那边闹市，是条难得的近道，便一头扎进去，弯弯转转，直走到头，再一拐，迎面竟是一堵墙壁，墙内有户人家。原来这是条死胡同！好晦气！凡是走到这儿来的，都恨不得把这面堵得死死的墙踹倒。

　　怎么办？只有认倒霉，掉头走出来。可是这么一往一返，不但没抄成近道，反而白跑了长长一段冤枉路。正像俗话说的：贪便宜者必吃亏。那时，只要看见一个人满脸丧气从胡同里走出来，哈，一准知道是撞上死胡同了！

　　走进这死胡同的，不仅仅是行人，还有一些小商小贩。为了省脚力，推车挑担串进来，这就热闹了。本来狭窄的道儿常常拥塞；叫车轱辘碰伤孩子的事也不时发生。没人打扫它，打扫也没用，整天土尘蓬蓬。人们气急就叫："把胡同顶头那家房子扒了！"房子扒不了，只好忍耐；忍耐久了，渐渐习惯。就这样，乱乱哄哄，好像它天经地义就该如此。

一天，来了一位老者，个子矮小，干净爽利，一件灰布长衫，红颜白须，眉目清朗，胳肢窝夹个小布包包，看样子像教书先生。他走进胡同，一直往里，可过不久就返回来。嘿，又是一个撞上死胡同的！

这位长衫老者却不同常人。他走出来时，面无懊丧，而是目光闪闪，似在思索，然后站在胡同口，向左右两边光秃秃的墙壁望了望，跟着蹲下身，打开那布包，包里面有铜墨盒、毛笔、书纸和一个圆圆的带盖的小饭盆。他取笔展纸，写了端端正正、清清楚楚四个大字：此路不通。又从小盆里捏出几颗饭粒，代作糨糊，把这张纸贴在胡同口的墙壁上，看了两眼便飘然而去。

咦，谁料到这张纸一出，立刻出现奇迹。过路人若要抄近道扎进胡同，一见纸上的字，就转身走掉，小商贩们即使不识字，见这里进出人少，疑惑是死胡同，自然不敢贸然进去。胡同陡然清静多了。过些日子，这纸条给风吹雨打，残破了，胡同里的住家便想到用一块木板，仿照这四个字写在上边，牢牢钉在墙上，这样就长久地保留下来。

胡同自此大变样子。

它出现了从来没见过的情景：有人打扫，有人种花，有孩童玩耍；鸟雀也敢在地面上站一站，逢到一夜大雪过后，犹如一条蜿蜒洁白的带子，渐渐才给早起散步的老人们，踩上一串深深的雪窝窝。这些饱受市井喧嚣的人家，开始享受起幽居的静谧和安宁来了。

于是，我挺奇怪，本来这么简单的一举，为什么许多年里不曾有人想到？我因此愈加敬重那矮小、不知姓名、肯思索、更肯动手去做的长衫老者了⋯⋯

谈文说艺

寥廓的人生有如茫茫的大漠，没有道路，更无向导，

只在心里装着一个美好、遥远却看不见的目标。

怎么走？不知道。

在这漫长又艰辛的跋涉中，有时会由于不辨方位而困惑；

有时会由于孤单而犹豫不前；

有时自信心填满胸膛，气壮如牛；

有时用拳头狠凿自己空空的脑袋。

无论兴奋、自足、骄傲，还是灰心、自卑、后悔，一概都曾占据心头。

情绪仿佛气候，时暖时寒；心境好像天空，时明时暗。

这是信念与意志中薄弱的部分搏斗。

人生的每一步都是在克服外界困难的同时，

又在克服自我的障碍，才能向前跨出去。

我心中的文学

真正的文学和真正的恋爱一样，是在痛苦中追求幸福。

一

有人说我是文学的幸运儿，有人说我是福将，有人说我时运极佳，说这话的朋友们，自然还另有深意的潜台词。

我却相信，谁曾是生活的不幸者，谁就有条件成为文学的幸运儿；谁让生活的祸水一遍遍地洗过，谁就有可能成为看上去亮光光的福将。当生活把你肆意掠夺一番之后，才会把文学馈赠给你。文学是生活的苦果，哪怕这果子带着甜滋滋的味儿。

我是在"十年动乱"中成长起来的。生活是严肃的，它没戏弄我。因为没有坎坷的生活的路，没有磨难，没有牺牲，也就没有真正有力、有发现、有价值的文学。相反，我时常怨怪生活对我过于厚爱和宽恕，如果它把我推向更深的底层，我可能会找到更深刻的生活真谛。在享乐与受苦中间，真正有志于文学的人，必定是心甘情愿地选定后者。

因此，我又承认自己是幸运的。

这场"大动乱"和"大变革"，使社会由平面变成立体，由单一变成纷纭，在龟裂的表层中透出底色。底色往往是本色。江河湖海只有在波掀浪涌时才显出潜在的一切。凡经历这巨变又大彻大悟的人，必定能得到无比珍贵的精神财富。因为教训的价值并不低于成功的经验。我从这中间，学到了太平盛世一百年也未必能学到的东西，所以当我们拿起笔来，无须自作多情，装腔作势，为赋新诗强说愁。内心充实而饱满，要的只是简洁又准确的语言。我们似乎只消把耳闻目见如实说出，就比最富有想象力的古代作家虚构出来的还要动人心魄。而首先，我获得的是庄严的社会责任感，并发现我所能用以尽责的是纸和笔。我把这责任注入笔管和胶囊里，笔的分量就重了；如果我再把这笔管里的一切倾泻在纸上——那就是我希望的、我追求的、我心中的文学。

生活一刻不停地变化。文学追踪着它。

思想与生活，犹如托尔斯泰所说的从山坡上疾驰而下的马车，说不清是马拉着车，还是车推着马。作家需要伸出所有探索的触角和感受的触须，永远探入生活深处，与同时代的人一同苦苦思求通往理想中幸福的明天之路。如果不这样做，高尚的文学就不复存在了。

文学是一种使命。也是一种又苦又甜的终身劳役。无怪乎常有人骂我傻瓜。不错，是傻瓜！这世上多半的事情，就是各种各样的傻子和呆子来做的。

<h1 align="center">二</h1>

文学的追求，是作家对于人生的追求。

寥廓的人生有如茫茫的大漠，没有道路，更无向导，只在心里装着一个美好、遥远却看不见的目标。怎么走？不知道。在这漫长又艰辛的跋涉中，有时会由于不辨方位而困惑；有时会由于孤单而犹豫不前；有时自信心填满胸膛，气壮如牛；有时用拳头狠凿自己空空的脑袋。无论兴奋、自足、骄傲，还是灰心、自卑、后悔，一概都曾占据心头。情绪仿佛气候，时暖时寒；心境好像天空，时明时暗。这是信念与意志中薄弱的部分搏斗。人生的每一步都是在克服外界困难的同时，又在克服自我的障碍，才能向前跨出去。社会的前途大家共同奋争，个人的道路还得自己一点点开拓。一边开拓，一边行走，至死也不知道自己走了多远。真正的人都是用自己的事业来追求人生价值的。作家还要直接去探索这价值的含义。

文学的追求，也是作家对于艺术的追求。

在艺术的荒原上，同样要经历找寻路途的辛苦。所有前人走过的道路，都是身后之路。只有在玩玩乐乐的旅游胜地，才有早已准备停当的轻车熟路。严肃的作家要给自己的生活发现，创造适用的表达方式。严格地说，每一种方式，只适合它特定的表达内容；另一种内容，还需要再去探求另一种新的方式。

文学不允许雷同，无论与别人，还是与自己。作家连一句用过的精彩的格言都不能再在笔下重现，否则就有抄袭自己之嫌。

然而，超过别人不易，超过自己更难。一个作家凭仗个人独特的生活经历、感受、发现以及美学见解，可以超过别人，这超过实际上也是一种区别。但他一旦亮出自己的面貌，若要再来区别自己，换一副嘴脸，就难上加难。因此，大多数作家的成名作，便是他创作的巅峰，如果要超越这巅峰，就像使自己站在自己肩膀上一样。有人设法变幻艺术形式，有人忙于充填生活内容。但是单靠艺术翻新，最后只能使作品变成轻飘飘又炫目的躯壳；急于从生活中捧取产儿，又非今夕明朝就能获得。艺术是个斜坡，中间站不住，不是爬上去就是滑下来。每个作家都要经历创作的苦闷期。有的从苦闷中走出来，有的在苦闷中垮下去。任何事物都有局限，局限之外是极限，人力只能达到极限。反正迟早有一天，我必定会黔驴技穷，蚕老烛尽，只好自己模仿自己，读者就会对我大叫一声："老冯，你到此为止啦！"就像俄罗斯那句谚语：老狗玩不了新花样！文坛的更迭就像大自然的淘汰一样无情，于是我整个身躯便画出一条不大美妙的抛物线，给文坛抛出来。这并没关系，只要我曾在那里边留下一点点什么，就知足了。

活着，却没白白地活着，这便是人生最大的幸福和安慰。同时，如果我以一生的努力都未给文学添上什么新东西，那将是我毕生最大的憾事！

我会说我：一个笨蛋！

三

一个作家应当具备哪些素质？

想象力、发现力、感受力、洞察力、捕捉力、判断力，活跃的形象思维和严谨的逻辑思维；尽可能庞杂的生活知识和尽可能全面的艺术素养；要巧、要拙、要灵、要韧，要对大千世界充满好奇心，要对千形万态事物所独具的细节异常敏感，要对形形色色人的音容笑貌、举止动念，抓得又牢又准；还要对这一切，最磅礴和最细微的，有形和无形的，运动和静止的，清晰繁杂和朦胧一团的，都能准确地表达出来。笔头有如湘绣艺人的针尖，布局有如拿破仑摆阵；手中仿佛真有魔法，把所有无生命的东西勾勒得活灵活现。还要感觉灵敏、情感饱满、境界丰富。作家内心是个小舞台，社会舞台的小模型，生活的一切经过艺术的浓缩，都在这里重演，而且它还要不断地变幻人物、场景、气氛和情趣。作家的能力最高表现为，在这之上，创造出崭新的、富有典型意义和审美价值的人物。

我具备这其中多少素质？缺多少不知道，知道也没用。先天匮乏，后天无补。然而在文学艺术中，短处可以变化为长处，缺陷是造成某种风格的必备条件。左手书家的字，患眼疾画家的画，哑嗓子的歌手所唱的沙哑而迷人的歌，就像残月如弓的美色不能为满月所替代。不少缺乏鸿篇巨制结构能力的作家，成了机巧精致的短篇大师。没有一个条件齐全的作家，却有各具优长的艺术。作家还要有种能耐，即认识自己，扬长避短，发挥优势，使自己的气质成为艺术的特色，在成就了艺术的同时，也成就了自己。

认识自己并不比认识世界容易。作家可以把世人看得一清二楚，对自己往往糊糊涂涂，并不清醒。我写了各种各样的作品，至今不知哪一种属于我自己的。有的偏于哲理，有的侧重抒情，有的伤感，有的戏谑，我竟觉得都是自己——伤感才是我的气质？快乐才是我的化身？我是深思还是即兴的？我怎么忽而古代忽而现代？忽而异国情调忽而乡土风味？我好比瞎子摸象，这一下摸到坚实粗壮的腿，另一下摸到又大又软的耳朵，再一下摸到无比锋利的牙。哪个都像我，哪个又不是。有人问我风格，我笑着说，这不是我关心的事。我全力要做的，是把自己的一切奉献给读者。风格不仅仅是作品的外貌，它是复杂又和谐的一个整体。它像一个人，清清楚楚、实实在在地存在，又难以明明白白说出来。作家在作品中除去描写的许许多多生命，还有一个生命，就是作家自己。风格是作家的气质，是活脱脱的生命的气息，是可以感觉到的一个独个的灵魂及其特有的美。

于是，作家就把他的生命化为一本本书。到了他生命完结那天，他所写的这些跳动着心、流动着情感、燃烧着爱情和散发着他独特气质的书，仍像作家本人一样留在世上。如果作家留下的不是自己，不是他真切感受到的生活，不是创造而是仿造，那自然要为后世甚至现世所废弃了。

作家要肯把自己交给读者。写的就是想的，不怕自己的将来可能反对自己的现在。拿起笔来的心情有如虔诚的圣徒，圣洁又坦率。思想的法则是纯正，内容的法则是真实，艺术的法则是美。不以文章完善自己，宁愿否定和推翻自己而完善艺术。作家批判世界需要勇气，批判自己则需要更大的勇气。读者希望在作品中看到真实却不一定完美的人物，也愿意看到真切却可能是自相矛盾的作家。在舍弃自己的一切之后，文学便油然诞生，就像太阳在燃烧自己时才放出光明。

　　如果作家把自己化为作品，作品上的署名，便像身上的肚脐儿那样，可有可无，完全没用，只不过在习惯中，没有这姓名不算一个齐全的整体罢了——这是句笑话。我是说，作家不需要在文学之外再享有什么了，这便是我心中的文学！

我们共同的日子

　　个人一年一度最重要的日子是生日，大家一年一度最重要的日子是节日。节日是大家共同的日子。

　　节日是一种纪念日，内涵却多种多样。有民族的、国家的、宗教的，比如国庆节、圣诞节等等；有某一类人如妇女、儿童、劳动者的，这便是妇女节、儿童节、母亲节、劳动节等；也有与生产生活密切相关的，这类节日都很悠久，很早就有了一整套人们喜闻乐见、代代相传的节日习俗。这是一种传统的节日。比如，春节、元宵节、清明节、端午节、中秋节、重阳节等。传统的节日为中华民族所共用和共享。

　　传统节日是在漫长的农耕时代形成的。农耕时代生产与生活、人与自然的关系十分密切。人们或为了感恩于大自然的恩赐，或为了庆祝辛苦的劳作换来的收获，或为了激发生命的活力，或为了加强人际的亲情，经过长期相互认同，最终约定俗成，渐渐把一年中某一天确定为节日，并创造了十分完整又严格的节俗，如仪式、庆典、规制、禁忌，乃至特定的游艺、装饰与食品，来把节日这天演化成一个独具内涵与情氛的迷人的日子。更重要的是，人们在每一个传统的节日里，还把共同的生活理想、人间愿望与审美追求融入节日的内涵与种种仪式中。因此，它是中华民族世间理想与生活愿望极致的表现。可以说我们的传统——精神文化传统，往往就是依靠这代代相传的一年一度的节日继承下来。

然而，自从二十世纪整个人类进入了由农耕文明向工业文明的过渡，农耕时代形成的文化传统开始瓦解。尤其是我国，在近百年由封闭走向开放的过程中，节日文化——特别是城市的节日文化受到现代文明与外来文化的冲击，当下人们已经鲜明地感受到传统节日渐行渐远，日趋淡薄，并为此产生忧虑。传统节日的淡化必然使其中蕴含的传统精神随之涣散。然而，人们并没有坐等传统的消失，主动和积极地与之应对。这充分显示了当代中国人在文化上的自觉。

近五年，随着中国民间文化遗产抢救工程的全面展开，国家非物质文化遗产名录申报工作一浪高过一浪地推行：2006 年国家将每年六月的第二个周六确定为"文化遗产日"；2007 年国务院又决定将春节假期前调一天，把除夕列为法定放假日，同时三个中华民族的重要节日——清明节、端午节和中秋节也法定放假。这一重大决定，表现了国家对公众的传统文化生活及其传承的重视与尊重，同时这也是保护节日文化遗产十分必要的措施。

节日不放假必然直接消解了节日文化，放假则是恢复节日传统的首要条件。但放假不等于远去的节日立即就会回到身边。节日与假日的不同是因为节日有特定的文化内容和文化形式。那么重温与恢复已经变得陌生的传统节日习俗则是必不可少的了。

千百年来，我们的祖先从生活的愿望出发，为每一个节日都创造出许许多多美丽又动人的习俗。这种愿望是理想主义的，所以节日习俗是理想的；愿望是情感化的，所以节日习俗也是情感的；愿望是美好的，所以节日习俗是美的。人们用烟花爆竹，惊骇邪恶，迎接新年；把天上的明月化为手中甜甜的月饼，来象征人间的团圆；在严寒刚刚消退、万物复苏的早春，赶到野外去打扫墓地，告慰亡灵，表达心中的缅怀，同时戴花插柳，踏青春游，亲切地拥抱大地山川……这些诗意化的节日习俗，使我们一代代人的心灵获得了多么美好的安慰与宁静！

谁说传统的习俗全过时了？如果我们不曾知道这些习俗，就不妨去重温一下传统。重温不是模仿古人的形式，而是用心去体验传统的精神与情感。

当然，习俗是在不断变化的，但我们民族的传统精神是不变的。这传统就是对美好生活不懈的追求，对大自然的感恩与敬畏，对家庭团圆与世间和谐永恒的企望。

这便是我们节日的主题。我们为此而过节。

挽住我的老城

近些天，常有古董贩子找我，言其手中有宝，叫我"开眼"。问其何物，来自何处，都说是天津老城。我听了怦然心动！自从前年我组织那次"旧城文化采风"，此后于那里的砖石草木，心皆系之。然而，近闻老城的改造突然"增加力度"，先要将几条大道贯穿其间，余下的便是房产开发商们施展才（财也）干。这样，大片大片的古屋老宅，不论其历史人文的价值如何，一概全在横扫之列。据说古董贩子们纷纷闻风而至。古董贩子胜于开发商者，便是知道这些破砖烂瓦也是生财之物。于是，积淀了近六百年的老城被掀个底儿朝天，翻箱倒柜，任凭这些贩子们挑肥拣瘦。

大前天，有个家住老城的贩子约我去看看老东西。我半年未进老城，借此也看看，一看真的惊呆了。颓墙断壁，触目皆是；在推土机的轰鸣中，城中多处已被夷为空荡荡的平地。我禁不住问：海张五那大宅子呢？明代的文井呢？益德王家那座拱形的刻砖门楼呢？还有……柳家大院那些豪华又壮观的木雕花罩呢？答话的人倒是省事，只说三个字：全没了！谁弄走了？文管部门？房管部门？房主还是贩子们？难道被民工们的大锤全砸了？答话更是省事，还是三个字：谁知道！在一种强烈的虚无感和失落感中，我还感到历史文化出现了一片迷茫与空白。人类在自己的"进步"面前真是无奈。待我随着这小贩走进一间很大的房间，才知道老城当今真正的状态。

这大屋像个仓库，堆满旧家具，还有许许多多从老房拆下的梁柱门窗，镂花隔扇，砖雕石刻。这些被拆得七零八落的东西，带着旧尘老土的浓烈气味，黑乎乎，破破烂烂，好像一堆堆残肢败体。注目细瞧，却识得这些建筑构件无一不是精致讲究。尤其那些隔扇门，至少一丈高，一色是铺地锦图案，八字榫对接得天衣无缝。一看这古雅而沉静的形制，便能确信一准是清代中前期豪门巨宅的物品。经问方知，果然这里是津门二百多年的金家老宅，而现在这间房子就是金家的书房！这金家始自清初康熙年间的山水画大家金玉岗（芥舟），即以丹青翰墨代代相传。此后嘉道间之金龙节、清末民初之金俊萱，都是一时学者名士。正是他们，濡染了这一方土地的醇厚的文雅。可如今难道就这么干脆利索地一下子连根拔掉了么？我记得前年考察过这里，但无论如何也对不上号。跑出屋看这才明白，原来周围的房院、影壁、高墙已被铲除，满地瓦砾，这书房由于不在规划中新辟的道路范围之内，暂时被孤零零地搁置一旁，等待着开发商们来发落。我怀着一种凄凉心情回到屋中，再看小贩一件件展示出的老城的，特别是金家的遗物，便全部都视若珍宝了。因为这是老城最后的一点文化剩余了。

一幅竹丝拼花衬底的刻竹对联，应是这书房的原物：两块墀头上的砖雕，一为"麒麟送子"，一为"状元及第"，无论从这一题材所流行的时代来判断，还是从雕刻的风格与手法（主要是雕刻的深度）来确认，无疑是马顺清时期（即清代中期）的作品。还有一些版画，书轴，尤其是几册此地文人孟广慧的信札，粗看数纸，就能知道这些信札包含着丰富的本地文化与社会的信息……可是我很糟糕，由于刚刚那种文化的失落感过重，此刻便生怕这些老城的遗物流散掉，完全失去了对付这种小贩应有的聪明，而只是连连对这些东西呼好叫妙，议论出其中的门道，毫不掩饰对这些仅存无多的遗物的珍视与迫切心情。在古董交易中，这是犯大忌的。此时小贩已经把我视作了他的掌中物。待我问价，他脱口一说，便是天价。老城的情结使我又陷尴尬，我只好说回去想想再谈。小贩与我分手时还对我加一点压力，他说："现在有不少贩子在老城里转来转去寻找老东西呢。我可是第一个给您看的。"看来，我已经没有余地了。如果我不出高价来买，这些老城的遗物岂不从我手里溜掉？此时我真的感到，人间万物皆有命运。小到一只杯子，大到一座城池乃至一个国家和民族。该兴则兴，该亡则亡。轮到消失之日，一如风吹尘散，谁也无法子挡住。你费力收回来的，最多也不过是一撮灰白色的、无机的骨灰吧！

渐渐地，我开始运用阿 Q 式自我安慰法来平衡自己，并获得成功。我暗自庆幸自己曾经干过的那件事富于远见。这便是自一九九四年十二月三十日的"旧城文化采风"。本来这一行动计划从租界区的洋房入手，此时，媒体忽然爆出新闻，政府与香港一家房地产开发集团公司合作，要对天津老城进行彻底的现代化改造。我马上意识到抢救老城乃是首要的事。遂组织历史、文化、建筑、民俗各界仁人志士，汇同摄影家数十位，风风火火进入天津老城展开一次地毯式考察。经过整整一年半的努力——我们是于一九九六年七月天津老城改造动工时结束这一行动的——摄得具有历史文化内涵的照片五千余帧。然后精选部分，出版一部大型画集，名为《旧城遗韵》。由于仓促上马，行动急迫，工作得还嫌粗糙，疏漏处也必然不少。但这毕竟是天津老城改造前一次罕见的民间性的文化抢救，也是天津老城有史以来最广泛、最大规模的学术考察。记得一九九五年除夕之夜，一位摄影家爬到西北角天津大酒店十一层的楼顶，在寒风里拍下天津老城最后一个除夕子午交时、万炮升空的景象。我看到这张照片，几乎落下泪来。因为我感到了这座古城的生命就此辉煌地定格。这一幕很快变成过往不复的历史画面。我们无法拯救它，但我们也无愧于老城——究竟把它的遗容完整地放在一部画册里了

这部画集我只印了一千部。为了强调它的珍贵性，也为了一种文化的尊严。我就是要造成这样一种文化的崇高感：文化的老城和老城的文化，都必须是虔诚的觅求才能见到的。

可是，在这部画集的油墨香味尚未散尽时，老城已经失去近半。许多名门豪宅已然荡涤一空，在地球表面上抹去；虽然它们全都有姿

有态、巨细无遗地保留在我这部画集里。可我不是容易满足的人，我仍不甘心。前几天，在市政协换届的开幕式上，我找到主管城市建设的王德惠副市长。他是能够理解我的想法的一位领导人。我对他说："天津人世世代代总共用了六百年，在老城里凝聚和营造成一种独特的文化，不能叫它散了。现在公家、私家、古董贩子，都在乘乱下手，快把老城这点文化分完了。应该建座博物馆，把这些东西搬进去！"这位副市长说："我也早就想搞个老城博物馆，你说该怎么办？"我听了很高兴，说道："那就得赶紧筹备，但远水解不了近渴，必须马上行动起来，先把老城的文化留住。我可以牵头动手来做。但必须您发话！"

他答应了。以我与这位副市长的交往，他是有文化良心的。当然这十分难得。

果然，今天民俗博物馆的蔡馆长来电话说，王德惠副市长在我与他谈话的转天，就已经叫老城所在南开区的区长，尽快找我研究保护老城文物一事。一时我真有一种起死回生的感觉，好像浑身全是办法了。

我想，首先要把鼓楼东那座环卫局办公的大院保留住，这座至少有四套院的构造精美的大房子是最理想的老城博物馆的馆址。然而比这件事更要紧的是阻止老城文物的流失，这就必须组织人力，穿街入巷，征集文物。文物包含甚广，必须有专家参与。还要由政府拨出几间大屋，将征集到的文物，分类编号，暂时存放保管起来。关于征集这些文物的经费与方法，我忽来灵感，突发奇想——应该搞一个"捐赠博物馆"！动员城中百姓在离开老城时，把老城的文化留在这块热土上。唯有这样才能尽快地把老城文物征集上来。将我们去"找"，变为百姓的"送"。津地百姓急公好义，乡情尤浓，这做法肯定能立见功效，而且这件事本身也是一次乡情的大启动。对于我来说，再也没有启动感情的事会令我倾尽全力的了。

于是我与蔡馆长约好，明天下午三时，南开区的区长、文化局长、城建局长等一行人到我的大树画馆商议此事。我已经做好准备，要牢牢抓住这个关乎老城命运的最后一次机会。我知道在当今中国，许多文化上的事最终还得通过官员才能做到；我还清清楚楚知道，历史交给我们这一代文化人的事情是什么。

我从现在起时时都在想着明天下午三时。刚刚心血来潮，提笔写了一个条幅：

我们今天为之努力的，都是为了明天的回忆。

谁能一身万里行？

　　昨天，摄影家郑云峰跑到天津来，见面二话没说，就把一本又厚又沉的画册像一块大石板压到我怀里。封面赫然印着沈鹏先生题写的三个苍劲的字："三江源"。

　　夏天里，我在北洋美术馆为郑云峰先生举办"拥抱母亲河"摄影展时，他说马上就要出版这部凝聚他二十多年心血的大书，跟着又说他还要跑一趟黄河的中下游，把黄河拍完整了。干事的人总是不满足自己干过的事，总是叫你的目光盯在他正在全神贯注的明天的事情上。

　　在他的摄影展上，郑云峰感动了天津大学年轻的学子们。谁肯一个人拿出全部家财买一条船，抱着一台相机在长江里漂流整整二十年，并爬遍长江两岸大大小小所有的山，拍摄下这伟大的自然和人文生命每一个动人的细节？不单其艰辛匪夷所思，最难熬的是独自一人终岁行走在山川之间的孤寂。他为了什么——为了在长江截流蓄水前留下这条养育了中华民族的母亲河真正的容颜，为了留下李白杜甫等历代诗人曾经讴歌过的这条大江的死面相，为了给长江留下一份完整的视觉"备忘录"。多疯狂的想法，但郑云峰实实在在地完成了。他以几十万张照片挽留住长江亘古以来的生命形象。为此，我在他的摄影展开幕式讲道："这原本不是个人的事，却叫他一个人默默却心甘情愿地承担了。我们天天叫嚷着要张扬自我，那么谁来张扬我们的山河？我们文化的民族？"

提起郑云峰，自然还会联想到最早发现"老房子"之美的李玉祥。他也是一位摄影家，是三联书店的特聘编辑。上世纪九十年代初他推出一大套摄影图书《老房子》时，全国正在进行翻天覆地的"旧城改造"。李玉祥却执拗地叫人们向那些正在被扫荡的城市遗产投之以依恋的目光。21世纪初凤凰电视台要拍一部电视片《追寻远去的家园》，计划从南到北穿过数百个各个地域最具经典意义的古村落。凤凰电视台想请我做"向导"，可是我当时正忙着启动多项民间文化遗产的普查，便推荐李玉祥。我说："跑过中国古村落最多的人是李玉祥。"

记得那阵子我的手机上常常出现一些陌生地区的电话号码。都是李玉祥在给电视剧组做向导时一路打来的。这些古村落都曾令李玉祥如醉如痴，这一次却不断听到他在话筒的惊呼："怎么那个村子没了，十年前明明一个特棒的古村落在这里呀！""怎么变成这样，全毁得七零八落啦！"听得出他的惋惜、痛苦、焦急和空茫。也许为此，多年来李玉祥一直争分夺秒地在和这些难逃厄运、转瞬即逝的古村落争抢时间。他要把这些经过千百年创造的历史遗容留在他相机的暗盒里。他是一介书生。他最多只能做到这样。然而他把摄影的记录价值发挥到极致。这些价值在被野蛮而狂躁的城市改造见证着。许多照片已成为一些城市与乡镇历史个性的最直观的见证。李玉祥至今没有停止他的自我使命。依然端着沉重的相机，在天南海北的村落间踽踽独行。古来的文人崇尚"甘守寂寞"和"不求闻达"，并视为至高的境界。然而在市场经济兼媒体霸权的时代，寂寞似与贫困相伴，闻达则与发达共荣，有几人还肯埋头于被闹市远远撇在一边冰冷的角落里？不都拼命在市场中争奇斗艳、兴风作浪吗？

前些天在北京见到李玉祥。他说他已经把江浙闽赣晋豫冀鲁一带跑遍。他想再把西北诸省细致地深入一下。我忽然发现站在面前的李玉祥有点变样，十多年前那种血气方刚的青年人的气息不见了，俨然一个带着些疲惫的中年汉子。心中暗暗一算，他已年过四十五岁。他把生命中最具光彩的青春岁月全支付给那些优美而缄默着的古村落了。

然而，很少有人知道他，因为他并不想叫人知道他本人，只想让人们留心和留住那些珍贵的历史精华。

由此，又联想起郭雨桥——这位专事调查草原民居的学者，多年来为了盘清游牧时代的文化遗存，也几乎倾尽囊中所有。背着相机、笔记本、雨衣、干粮和各种药瓶药盒，从内蒙古到宁夏和新疆，全是孤身一人。他和郑云峰、李玉祥一样，已经与他们所探索的文化生命融为一体。记得他只身穿过贺兰山地区时，早晨钻出蒙古包，在清冽沁人的空气里，他被寥廓大地的边缘升起的太阳感动得流泪。他想用手机把他的感受告诉我，但地远天偏，信号极差。他一连打了多次，那些由手机传来的一些片断的声音最终才联结成他难以抑制的激情。上个月我到呼和浩特，他正在东蒙考察，听说我到了，连夜坐着硬席列车赶了几百公里来看我，使我感动不已。雨桥不善言辞，说话不多，但有几句话他反复说了几遍，就是他还要用三年时间，争取七十岁前把草原跑完。

他为什么非要把草原跑完？并没人叫他非这么做不可，再说也没有人支持他、搭理他。那些"把文化做大做强"的口号，都是在丰盛的酒席上叫喊出来的。他一心只是把为之献身的事做细做精。

然而，这一次我发现雨桥的身体差多了。他的腿因过力和劳损而变得笨重迟缓。我对他说再出远门，得找一个年轻人做伴，"能不能在大学找一个民俗学的研究生给你做做帮手？"他对我只是苦笑而不言。是呵，谁肯随他付出这样的辛苦？这种辛苦几乎是没有回报和任何实惠的。此次我们分手后的第三天，他又赴东蒙。草原已经凉了，今年出行在外的时间已然不多，他必须抓紧每一天。

随后一日，我的手机短信出现他发来的一首诗："萧萧秋风起，悠悠数千里，年老感负重，腿僵知路迟。玉人送甘果，蒙语开心扉，古俗动心处，陶然胶片飞。"此时，在感动之中，当即发去一诗：

草原空寥却有情，

伴君万里一身行，

志大男儿不道苦，

天下几人敢争锋？

上边说到三个不凡的人。一个在万里大江中，一个在茫茫草原上，一个在大地的深处；当然还有些同样了不起的人，至今还在那里默默而孤单地工作着。

废墟里钻出的绿枝

　　车子驶入绵竹，这里好像刚打过一场惨烈的战争。零星的炮声——余震还时有发生。到处残垣断壁，瓦砾成堆，大楼的残骸狰狞万状；多么强烈的地动山摇，能够把一座座钢筋水泥建筑摇得如此粉碎？由车窗透进来的一种气味极其古怪，灭菌剂刺鼻的气息中还混着酒香。一问才知，剑南春酒厂的老酒缸全碎了。存藏了上百年、价值几亿元的陈年老酒全部化成气体无形地飘散在震后犹然紧张的空气里。

　　这使我想起五年前来考察绵竹年画时，参观过剑南春酒厂。那次，我是先在云南大理为那里的木版甲马召开专家普查工作的启动会，旋即来到绵竹。绵竹不愧是西部年画的魁首。它于浑朴和儒雅中彰显出一种辣性，此风唯其独有。绵竹人颇爱自己的乡土艺术，那时已拥有一座专门的年画博物馆了，珍藏着许多古版年画的珍品。其中一幅《骑车仕女》和一对"填水脚"的《副扬鞭》令我倾倒。前一幅画着一位模样清秀、衣穿旗袍、头戴瓜皮帽的民国时期的女子，骑一辆时髦的自行车，车把竟是一条金龙。此画所表达的既追求时尚又执着于传统的精神，显示出那个变革的时代绵竹人的文化立场。后一幅是"填水脚"的《副扬鞭》，"副扬鞭"是指一对门神；"填水脚"是绵竹年画特有的画法。每逢春节将至，画工们做完作坊的活计，利用残纸剩色，草草涂抹几对门神，拿到市场换些小钱，好回家过年。谁料无意中却将绵竹画工高超的技艺表现出来。简练粗犷，泼辣豪放，生动传神。这一来，"填水脚"反倒成了绵竹年画特有的名品。记得我连连赞美这幅清代老画《副扬鞭》是"民间的八大"呢！

那次在绵竹还做了几件挺重要的事：去探望年画老艺人，召开绵竹年画普查专家论证会；这样，对绵竹地区年画遗产地毯式的普查便开始了。普查做得周密又认真，成果被列入国家级文化工程《中国木版年画集成·绵竹卷》。其间，中国民协还将绵竹评为"中国木版年画之乡"。这来来回回就与绵竹的关系愈扯愈近。

大地震发生时，我人在斯洛文尼亚，听说震中在汶川，立即想到了绵竹，赶紧打电话询问年画博物馆和老艺人有没有问题，并叫基金会设法送些钱去。那期间，震区如战场，联系很困难，各种好消息坏消息都有，说不上哪个更可靠。回国后，便从四川省民协那里得知年画博物馆震成危楼，没有垮塌，两位最重要的老艺人都幸免于难。但一个画乡棚花村已被夷为平地。更具体和更确凿的情况到底怎样呢？

这次奔赴灾区，首先是到遵道镇的棚花村。站在村子中央，环顾四方，心中一片冰冷。整个村庄看不到一堵完整的墙。只有遍地的废墟和瓦砾，一些印着"救灾"二字的深蓝色小帐篷夹杂其间。村中百户人家，罹难十人。震后已有些天，村民心情渐渐平静下来，开始忙着从废墟里寻找有用的家当，但没人提年画的事。人活着，衣食住行是首要的，画画的事还远着的。

茫然中想到，最要紧的是要去看另外两个地方：一是年画博物馆，看看历史是否保存完好。二是看看两位重要的年画传承人——老艺人现况到底如何？

年画博物馆白色的大楼已经震损。楼上的一角垮落下来，外墙布满裂缝。馆长胡光葵看着我惊愕的表情说："里面的画基本上都是好好的，没震坏。"他这句话是安慰我。我问他："可以进去看看吗？"眼见为实，只有看到真的没事才会放心。

打开楼门，里边好像被炸弹炸过，满地是大片的墙皮、砖块和碎玻璃，可怕的裂缝随处可见，有的墙壁明显已经震酥了。但墙上的画，尤其前五年看过而记忆犹新的那些画，都像老朋友贴着墙排成一排，一幅幅上来亲切地欢迎我。又见到《骑车仕女》和那对"填水脚"的《副扬鞭》了，只是玻璃镜面蒙上些灰土，其他一切，完好如昨。我高兴地和这些老相识一一"合影留念"，然后随胡馆长去看"古画版库"。打开仓库厚厚的铁门，里边两百多块古画版整齐地立在木架上，毫发未损。看到这些在大难中奇迹般地完好无缺的遗存，我的心熠熠地透出光来。

当我走进老艺人居住的孝德镇的射箭台村，心中的光愈来愈亮。

当今绵竹最具代表性的两位老艺人，一位是李芳福，今年八十五岁。上次来绵竹还在他家听他唱关于年画《二十四孝》的歌呢。他的画风古朴深厚、刚劲有力，在绵竹享有北派宗师的盛名。地震时他在五福乡的老宅子被震垮了，现在给儿子接到湖南避灾，人是肯定没事的，灾后一准回来。另一位是南派大师陈兴才，年岁更长些，人近九十，身体却很硬朗。我见到老人便问："怕吗？"他很精神地一挺腰板说："怕什么，不怕。"大家笑了。他的画风儒雅醇厚，色彩秀丽，多画小幅，鲜活喜人。这几年，当地重视民间艺术，老人搬进一座新建的四合院。青瓦红柱，油漆彩画，当然都是自家画的。房子很结实，陈氏一家现在还住在房内。北房左间是陈兴才的画室；右间里儿子陈云禄正在印画；东厢房也是作画的作坊，陈兴才的孙子和邻家的女孩子都在紧张地施彩设色。这些天，全国各地来救灾或采访的，离开绵竹时都要带上两三幅年画作为纪念，需求量很大，在绵竹市大街上还有人支设帐篷卖年画呢。绵竹年画反变得更有名气。

如今陈家已是四世同堂。两岁的重孙儿在画坊里跑来跑去，时不时也去伸手抓画案上的毛笔，他将来也一定是绵竹年画的传人吧。

我说："只要历史遗存还在——根还在，杰出的艺人和传人还在——传承在继续，绵竹年画的未来应该没有问题。"

民间艺术生在民间。民间是民间文化生命的土地。只要大地不灭，艺术生命一定会顽强地复兴的。

在受灾最重的汉旺镇那几条完全倾覆的大街上考察时，我端着相机不断把发现的细节摄入镜头。比如挂在树顶上的裤子，死角中一辆侥幸完好的汽车，齐刷刷被什么利器切断的一双运动鞋，带血的布娃娃，一盘被砸碎的《结婚进行曲》的录音磁带和被绕在一团钢筋中大红色的胸罩，时间正好定格在下午两点二十八分的挂钟……忽然我看到从废墟一堆沉重又粗硬的建筑碎块中钻出来一根枝条，上边新生出许多新叶新芽，新芽方吐之时隐隐发红，好似带血，渐而变绿，生意盈盈，继之油亮光鲜，茁壮和旺盛起来。它忽地唤起我刚刚在射箭台村陈家画坊中的那种感受，心中激情随之涌起，不自禁一按快门，咔嚓一声，记录下这一倔强而动人的生命景象。

夕照透入书房

我常常在黄昏时分，坐在书房里，享受夕照穿窗而入带来的那一种异样的神奇。

此刻，书房已经暗下来。到处堆放的书籍文稿以及艺术品重重叠叠地隐没在阴影里。

暮时的阳光，已经失去了白日里的咄咄逼人；它变得很温和，很红，好像一种橘色的灯光，不管什么东西给它一照，全都分外地美丽。首先是窗台上那盆已经衰败的藤草，此刻像镀了金一样，蓬勃发光；跟着是书桌上的玻璃灯罩，亮闪闪的，仿佛打开了灯；然后，这一大片橙色的夕照带着窗棂和外边的树影，斑斑驳驳投射在东墙那边一排大书架上。阴影的地方书皆晦暗，光照的地方连书脊上的文字也看得异常分明。《傅雷文集》的书名是烫金的，金灿灿放着光芒，好像在骄傲地说："我可以永存。"

怎样的事物才能真正地永存？阿房宫和华清池都已片瓦不留，李杜的名句和老庄的格言却一字不误地镌刻在每个华人的心里。世上延绵最久的还是非物质的——思想与精神。能够准确地记忆思想的只有文字。所以说，文字是我们的生命。

当夕阳移到我的桌面上，每件案头物品都变得妙不可言。一尊苏格拉底的小雕像隐在暗中，一束细细的光芒从一丛笔杆的缝隙中穿过，停在他的嘴唇之间，似乎想撬开他的嘴巴，听一听这位古希腊的哲人对如今这个混沌而荒谬的商品世界的醒世之言，但他口含夕阳，紧闭着嘴巴，一声不吭。

昨天的哲人只能解释昨天，今天的答案还得来自今人。这样说来，一声不吭的原来是我们自己。

陈放在桌上的一块四方的镇尺最是离奇。这个镇尺是朋友赠送给我的，它是一块纯净的无色玻璃，一条弯着尾巴的小银鱼被铸在玻璃中央。当阳光彻入，玻璃非但没有反光，反而由于纯度过高而消失了，只有那银光闪闪的小鱼悬在空中，无所依傍。它瞪圆眼睛，似乎也感到了一种匪夷所思。

一只蚂蚁从阴影里爬出来，它走到桌面一块阳光前，迟疑不前，几次刚把脑袋伸进夕阳里，又赶紧缩回来。它究竟畏惧这奇异的光明，还是习惯了黑暗？黑暗总是给人一半恐惧，一半安全。

人在黑暗外边感到恐惧，在黑暗里边反倒觉得安全。

夕阳的生命是有限的。它在天边一点点沉落下去，它的光却在我的书房里渐渐升高。短暂的夕照大概知道自己大限在即，它最后抛给人间的光芒最依恋也最夺目。此时，连我的书房的空气也是金红的。

定睛细看，空气里浮动的尘埃竟然被它照亮。这些小得肉眼刚刚能看见的颗粒竟被夕阳照得极亮极美，它们在半空中自由、无声和缓缓地游弋着，好像徜徉在宇宙里的星辰。这是唯夕阳才能创造的境象——它能使最平凡的事物变得无比神奇。

在日落前的一瞬，夕阳残照已经挪到我书架最上边的一格。满室皆暗，只有书架上边无限明媚，那里摆着一只河北省白沟的泥公鸡。雪白的身子，彩色翅膀，特大的黑眼睛，威武又神气。这个北方著名的泥玩具之乡，至少有千年的历史，但如今这里已经变为日用小商品的集散地，昔日那些浑朴又迷人的泥狗泥鸡泥人全都了无踪影。可是此刻，这个幸存下来的泥公鸡，不知何故，对着行将熄灭的夕阳张嘴大叫。我的心已经听到它凄厉的哀鸣。这叫声似乎也感动了夕阳。一瞬间，高高站在书架上端的泥公鸡竟被这最后的阳光照耀得夺目和通红，好似燃烧了起来。

最好读的历史书

　　无论到美国任何地方，那里的主人都会问你："要不要到博物馆看看？"初听以为美国历史短，便拿博物馆当宝贝。可是看了一些博物馆，就会自责。单纯凭思想公式判定一件未知的事物，常常出错。凡事最好亲眼看看。

　　我在纽约著名的大都会博物馆转了一上午，居然连一个埃及馆也没走出去，好大！原先对埃及脑袋里只有金字塔和狮身人面像。这里看到的是从远古直至九世纪阿拉伯化之前古埃及文化的珍品。古埃及人的想象力和创造力令我震惊、发呆。我想起美籍华裔诗人许达然一句精彩的话："科学是发现，艺术是创造。"从这里我才知道，古埃及文化所达到辉煌灿烂的高度，并不低于中国古代文化的成就。当天下午因为要去现代艺术博物馆看画，余下一小时，一溜小跑把英国馆、西班牙馆、中国馆跑过，还有十多个馆没看。大都会的庞大和富有真是难以想象！各国古物应有尽有。中国馆内有座苏州园林，庭院、花竹、溪桥、花砖墙如虎丘景致；英国馆中间展室布置成维多利业时代古色古香贵族豪华的居室和餐室，据说都是从英国买来的整间房子，包括极具文物价值的家具、灯具、壁画、雕像乃至石柱和房檩。一个美国年轻人在大都会内转一个星期，从这些真实稀罕的古代实物中，可以饶有趣味了解到整个世界各个国家的全部历史和文化。我对陪同我去大都会的美国朋友说："这是一本好读的历史书。"

博物馆最多要算芝加哥和华盛顿，历史、文化、科技、风习、艺术、自然，包罗万象，又分门别类，可以说是个"博物馆群"。芝加哥博物馆中最使我感兴趣的是历史文化博物馆。比如介绍美国邮政史部分，连最早的邮箱、邮袋及邮递员的制服、帽子、车子都收集来。展览是从大文化观念出发，宗教、教育、风俗、服装、建筑、饮食等无所不包。不同时期的物品一应俱全。我很惊奇，这些在生活中早已淘汰掉的东西从哪里收罗来的？博物馆的征集人员可谓神通广大。徜徉其间，如同走进二百年活生生的美国生活里。

华盛顿的航天博物馆天天挤满参观者。从人类最早的飞行物到第一只载人宇宙飞船，都陈列其中。包括两次世界大战所用的军用飞机都悬吊在大厅顶子上。头一个宇宙飞船和一辆小汽车差不多大小，人只能坐，不能站，更觉最早的太空探险者的艰辛、勇敢和伟大。这些博物馆方式很活，有活人表演，有的旧机器可以操作给人看。花一美元就能租一个廉价录音机，戴上耳机，边看展览边听解说。想多看看就关上，要听就打开，很方便。大多展览都配合电影介绍。波士顿郊外的布莱斯顿"独立战争博物馆"把当时的文献照片和画片拍成影片，配上音响，比起呆傻的图片加文字说明有感染力多了，使人如身临其境。那些古物陈列室光线幽暗，甚至全黑，却有一束束光静静投照，愈显神秘与珍贵。有气氛，人便能进入遥远的历史中去感受。没有感受就会拉开距离。

　　纽约的华美协进会请我去看一个别致的关于中国的展览，名字叫"中国石头展览"。展品有各样中国名贵的怪石，大都为古物，还有石雕、石印和石砚，以及善画奇石的陈洪绶、金冬心等人的作品。从"石头"这一角度打开神秘的中国古老文化之窗，构思确实别致，有趣味性。美国是个移民国家，当今美国文化就是本土的印第安文化和欧洲文化、墨西哥文化、非洲黑人文化的大汇合。美国人的观点是拼凑一起才是最好的，对外来文化很少排斥态度。

　　我有个奇特的发现：各国博物馆都收藏中国文物，唯独中国博物馆不收藏外国文物。中国人在博物馆里看来看去全是自己。造成这现象是一种传统的文化封闭观念：不看别人的，便认定自己最好。

为周庄卖画

上世纪九十年代初（1991 年）冬天，我在上海美术馆举办个人画展，其间二位沪中好友吴芝麟和肖关鸿约我去远郊的周庄一游。

那时周庄尚无很大名气，以致我听了反问道：

"值得一去吗？"

二位好友眯着眼笑而不答，似是说："那还用说。"

这眼神看来是周庄最好的广告——诱惑我去。

车子出了城还要走很长的路，随后在一片寂寞又灰暗的村落前停住。车门一开，湿凉的水汽便扑在脸上。水汽中分明还有许多极其细密、牛毛一般的水的颗粒。一股南方的柔情使我心动。

穿入一些窄巷，就是入村了。两边的房子大多关着门板，开了门的里边黑乎乎的也不见人。只有一只黑母鸡带着一群小鸡在巷子里跑来跑去地觅食。村里的人跑到哪里去了？

这天雾大。树枝、檐角、晾衣绳，到处挂着湿雾凝结成的亮晶晶的水珠。不时会有一滴凉滋滋落在头顶或脖梗，顺着后背往下滑。待到了江南水乡的生命线——那种穿村而过的小河边，竟然连河水也看不清。站在石板桥上，如在云端，四外白白的全是流烟，只听得水鸟的翅膀用力扇动浓重的雾气时扑喇喇的声音就在头上边。更奇妙的是，看不见河，却听得到船儿"吱呀呀"的摇橹声穿过脚下的石桥；声音刚在左下边，几下就到右下边去了，也像一只飞鸟。

下了桥，走进一条宽一些的街上，便能看见来来去去的人影子了。古村落的活力从来就是在这样的老街上。

那时候，周庄尚未开发，却有了一点点文化的觉醒。听芝麟说不久前，周庄刚刚度过九百年的生日，村民们还在村口立了一块纪念碑呢。芝麟请来当地的一位文物员带领我们走街串巷，一边滔滔不绝地讲着这古村的历史，话里边带着几分自豪。不像后来的旅游向导多是取悦于游客的"买卖腔儿"了。

走进一幢老宅，从砖木的精雕细刻中始知周庄当年的殷富。谁想到文物员一介绍，这老宅竟是江南巨贾沈万山的故居，我马上感觉与周庄有了一种异样的亲切。这缘故，来自童年时心爱的一本厚厚的小人书，叫作《沈万山巧得聚宝盆》。描写心地善良的沈万山贫困交加，走投无路，一头撞向家中破墙，不料在被他撞倒的老墙里，惊现一个巨大的煌煌夺目的聚宝盆——据说是祖辈为了怕家道衰落后人受穷，秘密藏在墙中的。沈万山靠着这个聚宝盆经商发财，并用赚来的钱财济困扶危，赢得一世的赞许。且不论这小人书里有多少虚构，由于它是我儿时崇拜的画家沈曼云所画，便将这本小小的图书视同珍宝。这书一直保存到"文革",被抄家后再也找不到了。以后许多年,每次想起这本失去的书,都会生出一点点怅然,好像失去的不仅仅是这一本书。没想到这早已沉睡在记忆底层的一种情感竟在这湿漉漉而幽暗的老宅里被唤醒了。这老宅外墙的雕砖还刻着一个精巧的聚宝盆呢!

我情不自禁把这桩童年往事说给文物员听,他笑着对我说,他还能使我对沈万山印象更深一些——请我们一行吃一顿"沈家肘子"。

沈家肘子的确非同寻常。红彤彤、油亮亮、肥嘟嘟的大肘子端上来时,浓浓的肉香没有入口,已经先钻进鼻孔里。猪肘子有两根骨头,一根圆而粗,一根扁而细。文物员从肘子中将细骨头抽出来。这骨头头又扁又长,像一柄白色的刀。拿它在肘子上轻轻一划,毫不用力,肥肥的肉便像水浪一样向两边翻卷。肘子就这样被美妙地切开了。我说就像船桨在水上一划那样。关鸿说:"划得大冯口水都出来了。"

中午过后,从沈家走出来,没几步就是河边。此刻,大雾已散。一条被两排粉墙黛瓦的小屋夹峙的小河,弯弯曲曲伸向远方。周庄的景色真是晴时美,雾中奇——雨里呢?忽然,我注意到远远的有一座两层小楼略略凸出岸边,二层的楼外有一条短短的木梯一直通到下边的水面,那里系着一条轻盈的扁舟。我指着这远处的小楼说,不用画了,这就是画。

文物员告诉我,这座如画的小房子,被称作迷楼。当年这里是个茶馆。柳亚子的南社诸友常聚在这里活动,被人误以为这些才子们叫茶馆主人的一个美丽又娇好的女儿迷住了，还闹出一些笑话来。我说："看来周庄无处无故事。"这话本该引来文物员更得意的表情，谁料他面露一丝忧愁，还叹了口气。我问他是何原因。这原因出乎我的意料！原来迷楼的主人想拆掉房子，用卖木料的钱去盖一座新房。这是此时周庄流行起来的改善生活的一种做法。很多老房子就这么拆掉了。

我一怔，马上问道："这座小楼的木料能卖多少钱？"

文物员说："三万吧。"

我便说："我来出这笔钱吧。现在正有两位台湾人在上海的画展上想买我的画。我不肯卖，但为了这座小楼我愿意卖。一会儿回上海马上就把画卖掉。咱把这迷楼留住。"

吴芝麟笑道："大冯也被这迷楼迷住了。"

我也说着笑话："茶馆老板的女儿至少也得一百岁了吧。"然后认真地对芝麟说，"这房子买下来就交给你们报社吧。今后再有文人来游周庄，便请他们在楼里歇歇腿，饮点茶，吟诗作画，多好。你们就拿这些诗画布置这小楼。"文人的想法总是理想主义的。

朋友们说我这个想法极妙。当日返回上海，联系那两位台湾人，把两幅心爱的小画《落日故人情》和《遍地苏堤》卖掉，得款三万五千元，马上与周庄那位文物员联系。没想到事情不顺，过了几天才有回信。原来房主听说有人想买这座迷楼，猜到此楼不是寻常之物，马上把价钱提高到十万以上。

　　我一听便急了，还要再卖画，吴、肖二友对我说："这房子买不成了。等你出到十万，他会再涨价。不过你也别急，你不是怕这房子拆掉吗？这一买，一不卖，反而不会拆了。"

　　此话有理。如此迷楼还立在周庄。

　　我写此文，不是说我曾经为周庄做过什么努力——我并没为周庄花一分钱的力气——真正为周庄立下不朽功勋的是阮仪三先生。但在周庄遇到的事令当时的我惊讶地看到，在经济生活的转型中，我们的精神家园竟然在不知不觉之中悄然无声地松垮了。一个看不见的时代性的文化危机深深地触动并击醒了我。使我的关注点移到这非同寻常的事情上来。由此，才有了三个月后，在宁波为了保护贺秘监祠的第一次真正的卖画捐款。

　　我的文化保护是从周庄为起点的。从周庄思考，从周庄行动。

话说中国画

　　中国画在世界上是独一无二的。这不仅因其历史深厚久远，大师巨匠其众如林，传世名作浩似烟海，更重要的是它异常独特，且具鲜明的民族个性。中华民族独有的宇宙观、哲学观、艺术观、审美观，顽强地表现其间；把其他任何民族的绘画与其放在一起，都迥然不同，立时可见；中国画独放异彩。

　　中国画自它诞生之日始，就不以追摹自然形态为能事，而把表现物象的精神作为目的。在形与神的关系上，认为"论画以形似，见与儿童邻"（苏轼语），主张"以形写神"（顾恺之语）。哪怕所画的形态在"似与不似之间"（齐白石语），也要把内在的精神表现出来。这就使中国画家的注意力始终投射在事物内在的、深层的、本质的层面上。

　　唐宋两代，繁盛迷人的社会生活征服了画家，严谨认真写实的画风因之盛行一时，但捕捉物象精神仍是绘画的最高追求。同时，一些修养渊深的文人介入绘画，他们强调情感抒发与个性张扬，绘画的精神内涵得到进一步充实与开拓。文人们还主张"诗是无形画，画是有形诗"，提倡"书画同源"，这样就把诗的深刻境界与书法的审美品格带入绘画，促使独具魅力的中国画艺术特征的形成。

诗对画的首要影响，是使画家不受自然物象的时空局限，凝练升华，联想自由，去构造更加动人和感人的艺术境界。诗的洗练、隽永、含蓄和韵味，使绘画更注重"虚"的成分，更讲究"空白"的运用，更致力于笔墨的精练与意趣。文学中常见的象征、比喻、夸张、拟人等手法，被带入绘画后，绘画的表现力更大大地增强。这也是明清以来大写意画的主要艺术手法。

书法是中国特有的、纯形式的艺术。在书法中，整体的布局，字的形态与架构，乃至一点一画，无不充溢着形式感；笔的疾缓、刚柔、巧拙、藏露，墨的枯润、饱渴、轻重、浓淡，一方面直抒作者的情感与思绪，一方面传达审美的精神与理想。中国的绘画与书法都使用毛笔，中国画又是以线造型，线条是画面的骨架，书法的笔墨便自然而然地过渡到绘画中来，不仅提高了绘画用笔的技法和能力，也丰富了绘画的笔情墨趣和形式美。尤其是通过苏轼、文同、赵孟頫等人的努力，将书法引入绘画，使元以来绘画的面貌幡然一变，全然改观了。

元朝以来的中国画，还兴起在画面上题写诗文。画面既是绘画作品，也是书法作品，又是可读的文学作品，再加上篆刻印章，所谓"诗、书、画、印"一体，构成中国画独具的形式美。这对画家的修养也有了更高和更全面的要求。画家多是工诗善书、兼精治印的"通才"。

中国画的主要工具材料是纸、笔、墨。最早的中国画大多画在绢上，宋元以来渐渐搬到纸上来。纸的种类很多，大致分为生熟两类：熟宣纸类是用矾水刷过的，不渗水，适于画精整而细致的工笔画；生宣纸吸水性强，不易掌握，但把水墨铺展上去，变幻无穷，故宜于挥洒淋漓多趣的写意画。笔的种类更是不可胜数，粗分可分作三类：一是笔锋刚健的狼毫类；二是锋毛柔软的羊毫类；三是兼用狼毫与羊毫混制而成，笔性刚柔相济的兼毫类。画家根据所要画的物象的形态和质感选择不同的毛笔，往往一幅画要用多种类型的笔。

一枝毛笔锋毫的散聚，含水蘸墨的多少，全由画家根据需要控制；使用笔锋的不同部位——中锋、侧锋、逆锋等，效果全然不同。每个画家都有自己习惯的用笔方法，这也是构成画家风格的重要因素。

中国画上最主要的颜色是黑色。中国画说"墨分五色"，即用浓淡不同的墨色作画，常常不附加其他颜色，也一样可以表现物象的丰富性。中国画家在用墨上积累了很多经验，有的画家以独到的墨法自成一家。

有时，画面加入其他颜色。早期的中国画所用颜色多为矿物质原料，如朱砂、石青、石绿、石黄、赭石、铅粉等，覆盖性强，色彩浓艳，经久不变，故当时中国画多为单线平涂，画面具有强烈的装饰效果；后来，渐多采用植物和矿物颜料，如花青、藤黄、胭脂、朱砂等，能被水溶解，互相调配，色泽接近自然，并能与墨结合，相辅相成，色调典雅。偶有画面，只用颜色，不用墨色，谓之"没骨"。骨即墨色，可见墨在中国画中至关重要、无可替代的位置。可以说，没有墨就没有中国画。

中国画的分类非常繁杂，名称极多。从题材内容上，习惯分为人物、山水、花鸟、楼台、走兽、博古等；从画面笔墨繁简的程度上，分为写意、工笔、大写意、半工半写等；从设色上分为青绿、金碧、浅绛、水墨等；从技法上分为白描、双钩、单线平涂、泼墨等。

中国画在画成之后，要经过装裱工序。一经裱褙，绫托锦衬，高贵大方，并具有很强的赏玩性。中国画的装裱十分考究，款式繁多，一般分为卷轴、镜片、扇面、斗方、册页等，卷轴画中又分为中堂、条幅、对屏、通景等。中国画常常把装裱款式上的分类作为第一位的。

现今留下的最早的绘画，是画在山岩峭壁上，距今五千年以上；后来渐渐移到绢素上，成为单纯观赏性的艺术。开头是无名的工匠为之，此后才有专事绘画的画家出现，此时距今也有两千年了。中国绘画历经许多朝代，在历史江河的百转千折中，涌现出无数照耀古今的杰出画家和名重一时的流派。时风的变迁，致使绘画的面貌不断翻新；名家大师们独来独往、各立一帜，又使画坛千姿百态，形成了举世皆知、漫长悠远、异彩纷呈的中国绘画历史。

文化眼光

　　文化是一种无形的存在。有人能看到，有人看不到，这就需要文化眼光。何谓文化眼光：这要先弄清何谓文化。

　　文化一词多义，大致有三：一是把它视为一种教育状况或知识程度。比方说某人"有文化或没文化""文化高或文化低"；二是作为一种考古用语。如仰韶文化；三是人类所创造的总财富。主要指精神财富。

　　长久以来，对文化的普遍解释多是第一种，很少有人把人类生活视为一种文化。可以说，文化一直在狭义中存在。

　　其实，只要用文化眼光来看，文化便无所不在，对事物也会产生新的认识与发现。比如对于酒，用先前那种非文化的眼光来看，不过是一种佐餐助兴的饮料而已；倘若换个文化眼光来看，则必然还要关注酒的历史、酒的制造、酒的储藏、饮酒方式、酒器酒具……那就会发现还有一个比酒的本身大得多的酒文化。如果再进一步，我们用这样的眼光来看生活的一切，才会真正感受到中华文化的博大、丰实与深邃。

　　然而，生活文化以两种状态存在着：一是活着的状态，一是历史的状态。当一种特殊的生活方式被时代淘汰了，消失了，它的精神便转移到曾经共存的物品上和环境中。这样，器物与环境便发生了质变，在"活着"的时候，它们是实用性的生活物品与生活环境；进入"历史"之后，就变成纯精神的文化物品与人文环境了。这变化其实是人们的一种认识，也就是人们用文化眼光看出来的。

　　文化眼光不是一般目光，它必须具有文化意识和文化素养。一般人没有这种眼光。所以，当这些环境与器物由"活着的状态"转变为"历史的状态"时，常常被当作无用的东西丢弃了。

　　一个相反的例子，能够做最好的说明：当柏林墙将拆除时，世界上许多博物馆都派人跑到德国，去购那些墙体碎块。出价之高惊骇一时。他们几乎在同一时间觉悟到，这座被时代淘汰的墙恰恰是一种过往不复的珍贵的历史象征。德国政府被惊动了，于是决定那一段尚未拆除的柏林墙不拆了，保护起来，永世珍存。

　　这种眼光说明了什么？它说明——有些事物的历史文化价值，必须站在未来才能看到。

　　那么，文化眼光不只是表现为一种文化素养，一种文化意识，更是一种文化远见和历史远见。

灵魂的巢

　　对于一些作家，故乡只属于自己的童年；它是自己生命的巢，生命在那里诞生；一旦长大后羽毛丰满，它就远走高飞。但我却不然，我从来没有离开过自己的家乡。我太熟悉一次次从天南海北，甚至远涉重洋旅行归来而返回故土的那种感觉了。只要在高速路上看到"天津"的路牌，或者听到航空小姐说出它的名字，心中便充溢着一种踏实，一种温情，一种彻底的放松。

　　我喜欢在夜间回家，远远看到家中亮着灯的窗子，一点点愈来愈近。一次一位生活杂志的记者要我为"家庭"下一个定义。我马上想到这个亮灯的窗子，柔和的光从纱帘中透出，静谧而安详。我不禁说："家庭是世界上唯一可以不设防的地方。"

　　我的故乡给了我的一切。

　　父母、家庭、孩子、知己和人间不能忘怀的种种情谊。我的一切都是从这里开始。无论是咿咿呀呀地学话还是一部部十数万字或数十万字的作品的写作；无论是梦幻般的初恋还是步入茫茫如大海的社会。当然，它也给我人生的另一面，那便是挫折、穷困、冷遇与折磨，以及意外的灾难。比如抄家和大地震，都像利斧一样，至今在我心底留下了永难平复的伤痕。我在这个城市里搬过至少十次家。有时真的像老鼠那样被人一边喊打一边轰赶。我还有过一次非常短暂的神经错乱，但若有神助一般地被不可思议地纠正回来。在很多年的生活中，我都把多一角钱肉馅的晚饭当作美餐，把那些帮我说几句好话的人认作贵人。然而，就是在这样的困境中，我触到了人生的真谛，从中掂出种种情义的分量，也看透了某些脸后边的另一张脸。我们总说生活不会亏待人。那是说当生活把无边的严寒铺盖在你身上时，一定还会给你一根火柴。就看你识不识货，是否能够把它擦着，烘暖和照亮自己的心。

写到这里，很担心我把命运和生活强加给自己的那些不幸，错怪是故乡给我的。我明白，在那个灾难没有死角的时代，即使我生活在任何城市，都同样会经受这一切。因为我相信阿·托尔斯泰那句话，在我们拿起笔之前，一定要在火里烧三次，血水里泡三次，碱水里煮三次。只有到了人间的底层才会懂得，唯生活解释的概念才是最可信的。

然而，不管生活是怎样的滋味，当它消逝之后，全部都悄无声息地留在这城市中了。因为我的许多温情的故事是裹在海河的风里的；我挨批挨斗就在五大道上。一处街角，一个桥头，一株弯曲的老树，都会唤醒我的记忆，使我陡然"看见"昨日的影像，它常常叫我骄傲地感觉到自己拥有那么丰富又深厚的人生。而我的人生全装在这个巨大的城市里。

更何况，这城市的数百万人，还有我们无数的先辈的人，也都把他们人生故事书写在这座城市中了。一座城市怎么会有如此庞博的承载与记忆？别忘了——城市还有它自身非凡的经历与遭遇呢！

最使我痴迷的还是它的性格。这性格一半外化在它形态上，一半潜在它地域的气质里。这后一半好像不容易看见，它深刻地存在于此地人的共性中。城市的个性是当地的人一代代无意中塑造出来的。可是，城市的性格一旦形成，就会反过来同化这个城市的每一个人。我身上有哪些东西来自这个城市的文化，孰好孰坏？优根劣根？我说不好。我却感到我和这个城市的人们浑然一体，我和他们气息相投，相互心领神会，有时甚至不需要语言交流。我相信，对于自己的家乡就像对你真爱的人，一定不只是爱它的优点。或者说，当你连它的缺点都觉得可爱时——它才是你真爱的人，才是你的故乡。

一次，在法国，我和妻子南下去到马赛。中国驻马赛的领事对我说，这儿有位姓屈的先生，是天津人，听说我来了，非要开车带我到处跑一跑。待与屈先生一见，情不自禁说出两三句天津话，顿时一股子唯津门才有的热烈与义气劲儿扑入心头。屈先生一踩油门，便从普罗旺斯一直跑到西班牙的巴塞罗那。一路上，说得尽是家乡的新闻与旧闻，奇人趣事，直说得浑身热辣辣，五体流畅，上千公里的漫长的路竟全然不觉。到底是什么东西使我们如此亲热与忘情？

家乡把它怀抱里的每个人都养育成自己的儿女。它哺育我的不仅是海河蔚蓝色的水和亮晶晶的小站稻米，更是它斑斓又独异的文化。它把我们改造为同一的文化血型。它精神的因子已经注入我的血液中。这也是我特别在乎它的历史遗存、城市形态乃至每一座具有纪念意义的建筑的缘故。我把它们看作是它精神与性格之所在，而决不仅仅是使用价值。

我知道，人的命运一半在自己手里，一半还得听天由命。今后我是否还一直生活在这里尚不得知。但我无论到哪里，我都是天津人。不仅因为天津是我的出生地——它决不只是我生命的巢，而是灵魂的巢。

域外手札

虽然远处大片大片的花已经与蒙蒙细雨融在一起，

低头却能清晰看到每一朵小花，

在冷雨中都像英雄那样傲然挺立，明亮夺目，神气十足。

我惊奇地想：它们为什么不是在温暖的阳光下冒出来，

偏偏在冷风冷雨中拔地而起？小小的花居然有此气魄！

四月的维也纳忽然叫我明白了生命的意味是什么？

是——勇气！

维也纳春天的三个画面

你一听到"青春少女"这几个字，是不是立刻想到纯洁、美丽、天真和朝气？如果是这样你就错了！你对青春的印象只是一种未做深入体验的大略的概念而已。青春，它是包含着不同阶段的异常丰富的生命过程。一个女孩子的十四岁、十六岁、十八岁——无论她外在的给人的感觉，还是内在的自我感觉，都决不相同。就像春天，它的三月、四月和五月是完全不同的三个画面。你能从自己对春天的记忆里找出三个画面吗？

我有这三个画面。它不是来自我的故乡故土，而是在遥远的维也纳三次旅行中的画面定格，它们可绝非一般！在这个用音乐来召唤和描述春天的城市里，春天来得特别充分、特别细致、特别蓬勃，甚至特别震撼。我先说五月，再说三月，最后说四月，它们各有一次叫我的心灵感到过震动，并留下一个永远具有震撼力的画面。

五月的维也纳，到处花团锦簇，春意正浓。我到城市远郊的山顶上游玩，当晚被山上热情的朋友留下，住在一间简朴的乡村木屋里，窗子也是厚厚的木板。睡觉前我故意不关严窗子，好闻到外边森林的气味，这样一整夜就像睡在大森林里。转天醒来时，屋内竟大亮，谁打开的窗子？正诧异着，忽见窗前一束艳红艳红的玫瑰。谁放在那里的？走过去一看，呀，我怔住了，原来夜间窗外新生的一枝缀满花朵的红玫瑰，趁我熟睡时，一点点将窗子顶开，伸进屋来！它沾满露水，喷溢浓香，光彩照人；它怕吵醒我，竟然悄无声息地又如此辉煌地进来了！你说，世界上还有哪一个春天的画面更能如此震动人心？

那么，三月的维也纳呢？

这季节的维也纳一片空蒙。阳光还没有除净残雪，绿色显得分外吝啬。我在多瑙河边散步，从河口那边吹来的凉滋滋的风，偶尔会感到一点春的气息。此时的季节，就凭着这些许的春的泄露，给人以无限期望。我无意中扭头一瞥，看见了一个无论多么富于想象力的人也难以想象得出的画面——

几个姑娘站在岸边，她们正在一齐向着河口那边伸长脖颈，眯缝着眼，撅着芬芳的小嘴，亲吻着从河面上吹来的捎来春天的风！她们做得那么投入、倾心、陶醉、神圣，风把她们的头发、围巾和长长衣裙吹向斜后方，波浪似的飘动着。远看就像一件伟大的雕塑。这简直就是那些为人们带来春天的仙女们啊！谁能想到用心灵的吻去迎接春天？你说，还有哪个春天的画面，比这更迷人、更诗意、更浪漫、更震撼？

我心中的画廊里，已经挂着维也纳三月和五月两幅春天的图画。这次恰好在四月里再次访维也纳，我暗下决心，无论如何也要找到属于四月这季节的同样强烈动人的春天杰作。

开头几天，四月的维也纳真令我失望。此时的春天似乎只是绿色连着绿色。大片大片的草地上，没有五月那无所不在的明媚的小花。没有花的绿地是寂寞的。我对驾着车一同外出的留学生小吕说：

"四月的维也纳可真乏味！绿色到处泛滥，见不到花儿，下次再来非躲开四月不可！"

小吕听了，就把车子停住，叫我下车，把我领到路边一片非常开阔的草地上，然后让我蹲下来扒开草好好看看。我用手拨开草一看，大吃一惊：原来青草下边藏了满满一层花儿，白的、黄的、紫的，纯洁、娇小、鲜亮，这么多、这么密、这么辽阔！它们比青草只矮几厘米，躲在草下边，好像只要一努劲，就会齐刷刷地全冒出来……

"得要多少天才能冒出来？"我问。

"也许过几天，也许就在明天。"小吕笑道，"四月的维也纳可说不准，一天换一个样儿。"

可是，当夜冷风冷雨，接连几天时下时停，太阳一直没露面儿。我很快就要离开这里去意大利了，便对小吕说：

"这次看不到草地上那些花儿了，真有点遗憾呢，我想它们刚冒出来时肯定很壮观。"

小吕驾着车没说话，大概也有些怏怏然吧。外边毛毛雨点把车窗遮得像拉了一道纱帘。可车子开出去十几分钟，小吕忽对我说："你看窗外——"隔过雨窗，看不清外边，但窗外的颜色明显地变了：白色、黄色、紫色，在窗上流动。小吕停了车，手伸过来，一推我这边的车门，未等我弄明白是怎么回事，便说：

"去看吧——你的花！"

迎着细密地、凉凉地吹在我脸上的雨点，我看到的竟是一片花的原野。这正是前几天那片千千万万朵花儿藏身的草地，此刻一下子全冒出来，顿时改天换地，整个世界铺满全新的色彩。虽然远处大片大片的花已经与蒙蒙细雨融在一起，低头却能清晰看到每一朵小花，在冷雨中都像英雄那样傲然挺立，明亮夺目，神气十足。我惊奇地想：它们为什么不是在温暖的阳光下冒出来，偏偏在冷风冷雨中拔地而起？小小的花居然有此气魄！四月的维也纳忽然叫我明白了生命的意味是什么？是——勇气！

这两个普通又非凡的字眼，又一次叫我怦然感到心头一震。这一震，便使眼前的景象定格，成为四月春天独有的壮丽的图画，并终于被我找到了。

拥有了这三幅画面，我自信拥有了春天，也懂得了春天。

古希腊的石头

　　每到一个新地方，首先要去当地的博物馆。只要在那里边待上半天或一天，很快就会与这个地方"神交"上了。故此，在到达雅典的第二天一早，我便一头扎进举世闻名的希腊国家考古博物馆。

　　我在那些欧洲史上最伟大的雕像中间走来走去，只觉得我的眼睛——被那个比传说还神奇的英雄时代所特有的光芒照得发亮。同时，我还发现所有雕像的眼睛都睁得很大，眉清目朗，比我的眼睛更亮！我们好像互相瞪着眼，彼此相望。尤其是来自克里特岛那些壁画上人物的眼睛，简直像打开的灯！直叫我看得神采焕发！在艺术史上，阳刚时代艺术中人物的眼睛，总是炯炯有神；阴暗时期艺术中人物的眼睛，多半暧昧不明。当然，"文革"美术除外，因为那个极度亢奋时代的人们全都注射了一种病态的政治激素。

　　我承认，希腊人的文化很对我的胃口。我喜欢他们这些刻在石头上的历史与艺术。由于石头上的文化保留得最久，所以无论是希腊人，还是埃及人、玛雅人、巴比伦人以及我们中国人，在初始时期，都把文化刻在坚硬的石头上。这些深深刻进石头里的文字与图像，顽强又坚韧地表达着人类对生命永恒的追求，以及把自己的一切传之后世的渴望。

然而，永恒是达不到的。永恒只是很长很长的时间而已。古希腊人已经在这时间旅程中走了三四千年。证实这三四千年的仍然是这些文化的石头。可是如今我们看到了，石头并非坚不可摧。世界上没有任何东西可以把人带到永远。在岁月的翻滚中，古希腊人的石头已经满是裂痕与缺口，有的只剩下一些残块和断片。

在博物馆的一个展厅，我看到一截石雕的男子的左臂。虽然只是这么一段残臂，却依然紧握拳头，昂然地向上弯曲着，皮肤下面的血管膨胀鼓胀，脉搏在这石臂中有力地跳动。我们无法看见这手臂连接着的雄伟的身躯，但完全可以想见这位男子英雄般的形象。一件古物背后是一片广阔的历史风景。历史并不因为它的残缺而缺少什么。残缺，却表现着它的经历，它的命运，它的年龄，还有一种岁月感。岁月感就是时间感。当事物在无形的时间历史中穿过，它便被一点点地消损与改造，并因而变得古旧、龟裂、剥落与含混，同时也就沉静、苍劲、深厚、斑驳和朦胧起来。

于是一种美出现了。

这便是古物的历史美。历史美是时间创造的。所以它又是一种时间美。我们通常是看不见时间的，但如果你留意，便会发现时间原来就停留在所有古老的事物上。比如那深幽的树洞，凹陷的老街，泛黄的旧书，磨光的椅子，手背上布满的沟样的皱纹，还有晶莹而飘逸的银发……它们不是全都带着岁月和时间深情的美感吗？

这也是一种文化美。因为古老的文化都具有悠远的时间的意味。

时间在每一件古物的体内全留下了美丽的生命的年轮，不信你掰开看一看！

凡是懂得这一层美感的，就绝不会去将古物翻新，甚至做更愚蠢的事——复原。

站在雅典卫城上，我发现对面远远的一座绿色的小山顶上，爽眼地竖立着一座白色的石碑。碑上隐隐约约坐着一两尊雕像。我用力盯着看，竟然很像是佛像！我一直对古希腊与东方之间雕塑史上那段奇缘抱有兴趣。便兴冲冲走下卫城，跟着爬上了对面那座名叫阿雷奥斯·帕果斯的草木葱茏的小山。

山顶的石碑是一座高大的雕着神像的纪念碑。由于历时久远，一半已然缺失。石碑上层的三尊神像，只剩下两尊，都已经失去了头颅，可是他们依然气宇轩昂地坐在深凹的洞窟里。这时，使我惊讶的是，它竟比我刚才在几公里之外看到的更像是两尊佛像。无论是它的窟形，还是从座椅垂落下来的衣裙，乃至雕刻的衣纹，都与敦煌和云岗中那些北魏与西魏的佛像酷似！如果我们将两个佛头安装上去，也会十分和谐的！于是，它叫我神驰万里，一下子感到世纪前丝绸之路上那段早已逝去的令人神往的历史——从亚历山大东征到希腊人在犍陀罗为原本没有偶像崇拜的印度人雕刻佛像，再到佛教东渐与中国化的历史——陡然地掉转过头，五彩缤纷地扑面而来。

原来时间隧道就在希腊人的石头中间！在这隧道里，我似乎已经触摸到消失了数千年的那一段时光了。这时光的触觉，光滑、柔软、流动，还有一些神秘的凹凸的历史轮廓。我静静坐在山顶一块山石上，默默享受着这种奇异和美妙的感受，直到夕阳把整个石碑染得金红，仿佛一块烧透了的熔岩。

由此，我找到了逼真地进入希腊历史的秘密。

我便到处去寻访古老的文化的石头。从那一片片石头的遗址中找到时光隧道的入口，钻进去。

然而，我发现希腊到处全是这种石头。希腊人说他们最得意的三样东西就是：阳光、海水和石头。从德尔菲的太阳神庙到苏纽的海神庙，从埃皮达洛夫洛斯的露天剧场到迈锡尼的损毁的城堡，它们简直全是巨大的石头的世界。可是这些石头早已经老了。它们残缺和发黑，成片地散布在宽展的山坡或起伏的丘陵上。数千年前，它们曾是堆满财富的王城、聆听神谕的圣坛或人间英雄们竞技的场所。但历史总是喜新厌旧的。被时光筛子筛下来只有这些破碎的屋宇，残垣败壁，断碑，兀自竖立的石柱，东一个西一个的柱头或柱础。

尽管无情的历史遗弃它，有心的希腊人却无比珍惜它。他们保护这些遗址的方式在我们看来十分奇特。他们绝不去动一动历史遁去之后的"现场"。一棵石柱在一千年前倒在哪里，今天绝不去把它扶立起来。因为这是历史的本来面目。尊重历史就是不更改历史。当然他们又不是对这些先人的创造不理不管，常常会有一些"文物医生"拿着针管来，为一些正在开裂的石头注射加固剂，或者定期清洗现代工业造成的酸雨给这些石头带来的污渍。他们做得小心翼翼。好像这些石头在他们手中依然是活着的需要呵护的生命。

他们使我们认识到，每一块看似冰冷的古老的石头，其实并没有死亡，它们犹然带着昔时的气息。它们各自不同的形态都是历史的表情，石头上的残痕则是它们命运的印记与年龄的刻度。认识到这些，便会感到我们已身在历史中间。如果你从中发现到一个非同寻常的细节，那就极有可能是神奇的时间隧道的洞口了。

迈锡尼遗址给人的感受真是一种震撼。这座三千多年前用巨石砌成的城堡，如今已是坍塌在山野上的一片废墟。被时光磨砺得分外粗糙的巨大的石块与齐腰的荒草混在一起。然而，正是这种历史的原生态，才确切地保留着它最后毁灭于战火时惊人的景象。如果细心察看，仍然可以从中清晰地找到古堡的布局、不同功能的房舍与纵横的甬道。1876年德国天才的考古学家谢里曼就是从这里找到了一个时光隧道的入口，从隧道里搬出了伟大的荷马说过的那些黄金财宝和精美绝伦的"迈锡尼文化"——他实际是活灵活现地搬出来古希腊一段早已泯灭了的历史。谢里曼说，在发掘出这些震惊世界的迈锡尼宝藏的当夜，他在这荒凉的遗址上点起篝火。他说这是2244年以来的第一次火光。这使他想起当年阿伽门农王夜里回到迈锡尼时，王后克莉登奈斯特拉和她的情夫伊吉吐斯战战兢兢看到的火光。这跳动的火光照亮了一对狂恋中的情人眼睛里的惊恐与杀机。

今天，入夜后如果我们在遗址点上篝火，一样可以看到古希腊这惊人的一幕；我们的想象还会进入那场以情杀为背景的毁灭性的内战中去。因为，迈锡尼遗址一切都是原封不动的。时光隧道还在那些石头中间。于是我想，如果把迈锡尼交给我们——我们是不是要把迈锡尼散乱的石头好好"整顿"一番，摆放得整整齐齐；再将倾毁的城墙重新砌起来；甚至突发奇想，像大声呼喊着"修复圆明园"一样，把迈锡尼复原一新。如若这样，历史的魂灵就会一下子逃离而去。

珍视历史就是保护它的原貌与原状。这是希腊人给我们的启示。

那一天，天气分外好。我们驱车去苏纽的海神庙。车子开出雅典，一路沿着爱琴海，跑了三个小时。右边的车窗上始终是一片纯蓝，像是电视屏幕的蓝卡。

海神庙真像在天涯海角。它高踞在一块伸向海里的险峻的断崖上，看似三面环海，视野非常开阔。这视野就是海神的视野。而希腊的海神波塞冬就同中国人的海神妈祖一样，护佑着渔舟与商船的平安。但不同的是，波塞冬还有一个使命是要庇护战船。因为波斯人与希腊人在海上的争雄，一直贯穿着这个英雄国度的全部历史。

可是，这座世纪前的古庙，现今只有石头的庙基和两三排光秃秃的多里克石柱了。石柱上深深的沟槽快要被时光磨平。还有一些断柱和建筑构件的碎块，分散在这崖顶的平台上，依旧是没人把它们"规范"起来。没有一个希腊人敢于胆大包天地修改历史。这些质地较软的大理石残件，经受着两千多年的阵阵海风吹来吹去，正在一点点变短变小，有几块竟然差不多要湮没在地面中了；一些石头表面还像流质一样起伏。这是海风在上边不停地翻卷的结果。可就是这样一种景象，使得分外强烈的历史感一下子把我包围起来。

纯蓝的爱琴海浩无际涯，海上没有一只船，天上没有鹰鸟，也没有飞机。无风的世界了无声息，只有明媚的阳光照耀着古希腊这些苍老而洁白的石头。天地间，也只有这些石头能够解释此地非凡的过去。甚至叫我们想起爱琴海的名字来源于爱琴王——那个悲痛欲绝的故事。爱琴王没有等到出征的王子乘着白色的帆船回来，他绝望地跳进了大海。这大海是不是在那一瞬变成这样深浓而清冷的蓝色？爱琴王如今还在海底吗？他到底身在哪里？在远处那一片闪着波光的"酒绿色的海心"吗？

等我走下断崖时，忽然发现一间专门为游客服务的商店。它故意盖在侧下方的隐蔽处。在海神庙所在的崖顶的任何地方，都是绝对看不见这家商店的。当然，这是希腊人刻意做的。他们绝对不让我们的视野受到任何现代事物的干扰，为此，历史的空间受到了绝对与纯正的保护！

我由衷地钦佩希腊人！

希腊人告诉我们，保护古代文明遗产，需要的是对历史的深刻理解与崇拜，科学的方法，优雅的美感和高尚的文化品位。因为历史文明是一种很高的意境。

创造古希腊的是历史文明，珍惜古希腊的是现代文明。而懂得怎样珍惜它，才是一种很高层次的文明。

维也纳生活圆舞曲

清早醒来，不睁开眼，尽量用耳朵来辨认天天叫醒我的这些家伙们，单凭听力，我能准确地知道这些家伙所处的位置，是在窗前那株高大的针叶树里边，还是远远地在房脊和烟囱上。当然我不知道这些家伙的名字。我的家乡决没有这么多种奇奇怪怪又美妙的叫声。我的城市里只有麻雀。有一种叫声宛如花腔女高音，婉转、嘹亮、悠长，变化无穷，它怎么能唱出如此丰富而不重复的音乐？后来我在十四区博物馆听鸟儿们的录音时，才知道这家伙名叫 AMSEL。它长得并不美。我在闭目倾听它的鸣唱时，把它想象得美若彩凤。

其实它全身乌黑的羽毛，一个长长的黄嘴。好似一只小乌鸦叼着一支竹笛子。

我发现，闭上眼睛时，声音会变得特别清晰和富于形象。有一种叫声像是有人磕牙，另一种叫声好似老人叹息，声音沙哑又苍老，但它们总是在很远很远的地方。还有一种鸟叫的很像是猫叫。一天，它一边叫，一边从我的窗前飞过。我幻觉中出现一只"飞的猫"。

一位奥国朋友称这种清晨时鸟儿们的合唱为"免费音乐会"。参加这音乐会的还有远远近近教堂的钟声。我闭目时也能听出这些钟声来自哪座教堂。从远方传来的卡尔大教堂的钟声沉雄而又持久；来自后街上克罗利茨小教堂的钟声却清脆而透彻。教堂钟声的加入，常常使这"免费音乐会"达到高潮。然而，每每在这个时候，从窗子会溜进来一股什么花香钻进我的鼻孔。

五月里的维也纳是"花天下"。

家家户户挂在窗外的长方形的花盆全都鲜花盛开，绚烂的颜色好像是这些家庭喷发出来的。许多商店用彩色的花缠绕在门框上，穿过这门就如同走进花的巢穴。按照惯例，城市公园年年都用鲜花装置起一座大表，表针走得很准时，花儿组成的表盘年年都是全新的图案。今年，园艺家们别出心裁，还在公园东北角临街的一块高地上，用白玫瑰和冬青搭起一架芬芳的三角琴。于是，维也纳的主题：音乐与花，全叫它表达出来。

古城依旧的维也纳，也很难找到一条笔直的路。开车在这些弯弯曲曲又畅如流水的街道上跑着，两边的景物全像是突然冒出来的。或是一座宁静又精雅的房舍，或是几株像喷泉一样开满花朵的树，或是一个雕像……这是行驶在笔直的路上绝对没有的感受。而且，跑着跑着，很容易想起音乐来。在这个音乐之都中，最重要的并不是到处都有的音乐会，到处都有的音乐家雕像与故居，而是你随时随地都会无声地感受到音乐的存在。所以勃拉姆斯说："在维也纳散步可要小心，别踩着地上的音符。"

有人说，真正的维也纳的音乐并不在金色大厅或歌剧院，而是在城郊的小酒馆里。当然，卡伦堡山下的那些知名的小酒店的乐手们过于迎合浅薄的旅游者的口味了。他们的音乐多少有点商业化。如果躲开这些旅游者跑到更远的一些乡村的"当年酒家"里坐一坐，便能够体会到真正的维也纳音乐。坐在长条的粗木凳上，一边饮着芳香四溢的当年酿造的葡萄酒——那种透明的发黏的纯紫色的葡萄酒更像是葡萄汁，一边咬着刚刚出炉、烫嘴、喷香而流油的烤猪排——那是一种差不多有二尺长很嫩的猪肋；忽然欢快的华尔兹在你耳边响起。扭头一看，一个满脸通红的老汉，满是硬胡茬的下巴夹着一把又小又老的提琴，在你身后起劲地拉着。他朝你挤着眼，希望你兴奋起来，尽快融入音乐。一条短尾巴的大黑狗已经围着他的双腿起劲地左转右转，整个酒店的目光都快活地抛向他。音乐，是撩动人们心情的"神仙的手指"。这才是维也纳灵魂之所在。

维也纳森林的故事

　　维也纳人的骄傲与福气之一，是他们生活在层层叠叠的绿色包围之中。森林不单是维也纳人度假游玩的去处，平日黄昏人们也常常驱车到城市东北角的卡伦堡山上，敞开肺叶，张开嘴巴，大口吸吮林海散发出来的清新、湿润、凉意和充沛的氧气。放眼远眺，绿海无边，每一棵树都是一朵绿色的浪花，多少树才汇成这海一样无边无际的森林？维也纳人整天眼睛被城市的奇光异彩所眩惑，此刻觉得绿色真是一种净化眼睛和心灵的颜色。

　　所以，维也纳人喜欢绿色。绿色的家具、窗帘、墙壁、器皿都是常见的；盐溪湖一带专门烧制一种带有绿色条纹的陶瓷，是奥地利最富特色的民间工艺之一。这里的男人还爱穿绿色西服，打绿色领带，就像温暖的澳大利亚的男人们爱穿粉红色的衬衫一样。

　　世人只知道这片森林受益于施特劳斯的名曲《维也纳森林的故事》而名扬天下，引来千千万万旅游者，为这座城市赢得外汇。哪里知道维也纳人与这片森林生命攸关，互惠互助，相依相存，因而才给了那位"圆舞曲之王"以创作的灵感、冲动和深情。

　　维也纳森林到底有多大，有人说面积 40 平方公里，有人说方圆百里。其实这个被称作"森林王国"的奥地利，拥有 370 万公顷森林，整个国家土地的百分之四十四被森林所覆盖。处处森林相连，谁能找到这维也纳森林的边缘？

　　一出城市，到处是这样的景象：向阳的山坡上，林色鲜翠；背阳的山坡上，森森然像一片埋伏在那里披甲戴盔的兵阵。森林之间是大片大片的开满鲜花的牧草，很难看见土的颜色。维也纳森林是指维也纳城市近郊一带，地势最高不过海拔四百米，很少针叶树，多为阔叶林，榆槐桉桐等数十种树木，交相混杂，每逢春至，树上开花，小鸟欢叫，各种野生小动物奔跃其间。这感觉与南部蒂罗尔州那种高山峻岭，松柏参天，雪溪喷泻，全然两样。这里的森林清新柔和，温文尔雅，倒与维也纳这个城市的味道更相调和。

　　森林不单使人赏心悦目，呼吸舒畅，排除烦恼，它还神奇地调节着气温。在维也纳，无论太阳怎样灼热，只要钻到树荫里便立刻清爽宜人。这感觉异常分明。"太阳地"和"荫凉地"，好似两个季节；中午与早晚，温差非常分明。即使炎夏时节，日落之后，空气会很快凉爽下来，维也纳人在夏天夜里也要盖被子睡觉，特别是一场雨后，天气如秋；气候多变，穿衣常跟不上变化。有时风起雨过，那些等候公共汽车的人群，可谓千奇百怪。有的依然穿背心光膀子，有的已经穿上毛衣和皮夹克。此种奇观，很像中国北方的"二八月乱穿衣"，但这里却是"五六月乱穿衣"了。

我在游览维也纳郊外一座皇家猎宫时，骤然风雷交加，大雨疾降，忽见大片草地冒起浓浓白烟，林间更是烟雾飞扬，很是壮观。这种景象以前很少见到。导游告诉我，这是因为森林和草地吸收阳光的热量，冷雨一浇，顿成烟雾。我才深知森林与草地作用的非凡。

维也纳人明白，宜人的气候不只是上帝的恩赐，更由于祖祖辈辈对这种恩赐倍加珍爱。早在1852年奥地利就颁布了《森林法》，一百余年，沿用至今。这实际上就是严格的森林保护法，科学性与应用性结合得很完美。比如采伐，伐掉的那一片林木的空地，正是需要阳光射入，促使森林更好生长之处。所以，奥地利人从来不缺乏木材，也不缺乏绿色。

如果留心观察，还会发现维也纳人对房前屋后的草地就像对居室内的地毯一样爱惜。你很难发现一小块枯草。他们甚至不肯使用汽车里的空调，担心废气污染草木与空气。在这个百万人口的大城市里，无论何处，张目一看，总有鲜艳的花木在视野之内；放眼望去，空气透明，视线无阻，只要目力所及，那些远远站在楼顶上的一座座雕像的面孔，都能看得一清二楚，绝无尘烟障目……这样，各种各样的鸟儿就像在维也纳森林里一样，无忧无虑地生活在千楼万宇中间。

一天黄昏，我在城市公园正兴致勃勃欣赏露天音乐会，忽然大厅顶上发出声声异样鸣叫，音调似猫，其声宏大。扭头望去，原来是一只大孔雀站在上面。孔雀是逞强好胜的飞禽，她要与乐队一比高低。

这引得欣赏音乐的人们都笑起来，但没有人驱赶孔雀，乐队更起劲地演奏，随后便是乐队与孔雀边奏边唱，奇妙之极。

还有比这表达大自然与人类和谐与亲密关系的更美好的颂歌吗？

永恒的敌人

——古埃及文化随想

我面对着雄伟浩瀚、不可思议的金字塔，心里的问号不是这二百三十万块巨石怎样堆砌上去的，也没有想到天外来客，而是奇怪这人类历史上最伟大的建筑竟是一座坟墓！

当代人的生命观变得似乎豁达了。他们在遗嘱中表明，死后要将骨灰扬弃到山川湖海，或者做一次植树葬，将属于自己最后的生命物质，变为一丛鲜亮的绿色奉献给永别的世界。当天文学家的望远镜把一个个被神话包裹的星球看得清清楚楚，古远天国的梦便让位于世人的现实享受。人们愈来愈把生命看作一个短暂的兴灭过程。于是，物质化的享乐主义便成了一种新宗教。与其空空地企望再生，不如尽享此生此世的饮食男女。谁还会巴望死亡的后边出现奇迹？坟墓仅仅是一个句号而已。人类永远不会再造一个金字塔吧。

但是，不论你是一个怎样坚定的享乐主义者，抑或一个无神论者和唯物主义者，当你仰望那顶端参与着天空活动的、石山一般的金字塔时，你还是被他们建造的这座人类史上最大的坟墓所震撼——不仅由于那种精神的庄严，那种信仰的单纯，更重要的是那种神话一般死的概念和对死的无比神圣的态度与方式。

古埃及把死当作由此生度到来世的桥梁，或是一条神秘的通道。不要责怪古埃及人的幼稚与荒唐，在旷远的四千五百年前，谁会告诉他们生命真正的含义？再说，谁又能告诉我们四千五百年后，人类将怎样发现并重新解释生与死的关系，是不是依旧把它们作为悲剧性的对立？是不是反而会回到古埃及永生的快乐天国中去？

空气燃烧时，原来火焰是透明的。我整个身体就在这晃动的火焰里灼烤，大太阳通过沙漠向我传达了它的凛然之威；尽管戴着深色墨镜，强光照耀下的石山沙海依然白得扎眼；我身上背着的矿泉瓶里的水已经热得冒泡儿了，奇怪的是，瓶盖拧得很严，怎么会蒸发掉半瓶？尽管如此，我来意无悔，踩着火烫的沙砾，一步步走进埋葬着数千年前六十四个法老的国王谷。

钻进一个个长长的墓道，深入四壁皆画及象形文字的墓室，才明白古埃及人对死亡的顶礼膜拜和无限崇仰；一切世间梦想都在这里可闻可见，一切神明都在这里迷人地出现。人类艺术的最初时期总与理想相伴，而古埃及的理想则更多依存于死亡。古埃及的艺术也无处不与死亡密切相关。他们的艺术不是张扬生的辉煌，而是渲染死的不朽。一时你却弄不清他们赞美还是恐惧死亡？

他们相信只要保存遗体的完好，死者便依然如同在世那样生活，甚至再生。木乃伊防腐技术的成功，便是这种信念使然。沉重的石棺、甬道中防盗的陷阱、假门和迷宫般的结构，都是为遗体——这生命载体完美无缺地永世长存。按照古埃及人的说法，世间的住宅不过是旅店，坟墓才是永久的居室；金字塔的庞大与坚固正是为了把这种奇想变成惊人的现实。至于陪葬的享乐器具和金银财宝，无非使法老们死后的生活一如在世。那么这一切到底是为了装饰着死，还是创造一种人间从未发生过的奇迹——再生和永生？

即使是远古人，面对着呼吸停止、身躯僵硬的可怕的尸体，都会感到生死分明。但是在思想方法上，他们还是要极力模糊生死之间的界限。古埃及把法老看作在世的神，混淆了人与神的概念；中国人则在人与神之间别开生面地创造一个仙。仙是半神半人，亦人亦神。在中国人的词典里，既有仙人，也有神仙。人是有限的，必死无疑；神是无限的，长生不死。模糊了神与人、生与死的界限，也就逾越死亡，进入永生。

永生，就是生命之永恒。这是整个人类与生俱来最本能，也最壮丽的向往。

从南美热带雨林中玛雅人建造的平顶金字塔，到中国西安那些匪夷莫思的浩荡的皇家陵墓，再到迈锡尼豪华绝世的墓室，我们发现人类这样做从来不只是祭奠亡灵，高唱哀歌，而是透过这死的灭绝向永生发出竭尽全力的呼唤。

死的反面是生，死的正面也是生。

远古人的陵墓都是用石头造的。石头坚固，能够耐久，也象征永存。然而四千五百年过去了，阿布辛比勒宏伟的神像已被风沙倾覆；尼罗河两岸大大小小几乎所有的金字塔，都被窃贼掏空。曾经秘密地深藏在国王谷荒山里的法老墓，除去幸存的阿蒙墓外，一个个全被盗掘得一无所有。没有一个木乃伊复活过来，却有数不尽的木乃伊成为古董贩子们手里发财的王牌。不用说木乃伊终会腐烂，古埃及人决不会想到，到头来那些建造坟墓的石头也会朽烂。在毒日当头的肆虐下，国王谷的石山已经退化成橙黄色的茫茫沙丘；金字塔上的石头一块块往下滚落；斯芬克斯被风化得面目全非，眼看要复原成未雕刻时那块顽石。如果这些石头没有古埃及人的人文痕迹，我们不会知道石头竟然也熬不过几千年。这叫我想起中国人的一句成语：海枯石烂。站在今天回过头去，古埃及人那永生的信念，早已成为人类童年的一厢情愿的痴想。

世界上最古老的神庙——卢克索神庙和卡纳克神庙，已经坍塌成一片倾毁的巨石。在卢克索神庙的西墙外，兀自竖立一双用淡红色花岗岩雕成的极大的脚，膝盖以上是齐刷刷的断痕，巨大的石人已经不见了。他在哪里，谁人知晓？这样一个坚不可摧的巨像，究竟什么力量能击毁并把它消匿于无？而躺在开罗附近孟菲斯村地上的拉美西斯二世的几十米的石像，却独独失去双脚。他那无与伦比的巨脚呢？我盯着拉美西斯二世比一间屋子还大的修长光洁的脸，等待回答。他却毫无表情，只有一种木讷和茫然，因为他失去的有比这双脚更致命的东西便是：永恒。

永恒的敌人是什么？它并不是摧残、破坏、寇乱、窃盗、消磨、腐烂、散失和死亡。永恒的敌人是时间。当然，永恒的载体也是时间，可是时间不会无止无休地载运任何事物。时间的来去全是空的。在它的车厢里，上上下下都是一时的光彩和瞬息的强大。时间不会把任何事物变得永恒不灭，只能把一切都变得愈来愈短暂有限和微不足道。可是古埃及人早早就知道怎样对抗这有限和短暂了。

当我再次面对着吉萨大金字塔，我更强烈地被它所震撼。我明白了，这埋葬法老的人类最伟大的建筑，并非死亡象征，乃是生之崇拜，生之渴望，生之欲求。

金字塔是全人类的最神圣的生命图腾！

想到这里，我们真是充满了激情。也许现代人过于自信现阶段的科学对生命那种单一的物质化的解释，才导致人们沉溺于浮光掠影般的现实享乐。有时，我们往往不如远古的人，虽然愚顽，却凭直觉，直率又固执地表现生命最本能的欲望。一切生命的本质，都是顽强追求存在，以及永存。艺术家终生锲而不舍的追求，不正是为了他所创造的艺术生命传之久长吗？由于人类知道死亡的不可抗拒，才把一切力量都最大极限地集中在死亡上。只有穿过死亡，才能永生。那么人类所需要的，不仅是能力和智慧，更是燃烧着的精神与无比瑰丽的想象！仰望着金字塔尖头脱落而光秃秃的顶部，我被深深感动着。古埃及人虽然没有跨过死亡，没有使木乃伊再生，但他们的精神已然超越了过去。

永恒没有终极，只有它灿烂和轰鸣着的过程。

正是由于人类一直与自己的局限斗争，它才充满活力和不断进步。

精神的殿堂

　　人死了，便住进一个永久的地方——墓地。生前的亲朋好友，如果对他思之过切，便来到墓地，隔着一层冰冷的墓室的石板"看望"他。扫墓的全是亲人。

　　然而，世上还有一种墓地属于例外。去到那里的人，非亲非故，全是来自异国他乡的陌生人。有的相隔千山万水，有的相隔数代。就像我们，千里迢迢去到法国，当地的朋友问我们想看谁，我们说：卢梭、雨果、巴尔扎克、莫奈、德彪西等一大串名字。

　　朋友笑着说："好好，应该，应该！"

　　他知道去哪里可以找到这些人，于是他先把我们领到先贤祠。

　　先贤祠就在我们居住的拉丁区。有时走在路上，远远就能看到它颇似伦敦保罗教堂的石绿色的圆顶。我一直以为是一座教堂。其实，我猜想得并不错，它最初确是教堂。可是在法国大革命期间，曾用来安葬故去的伟人，因此它就有了荣誉性的纪念意义。到了1885年，它被正式确定为安葬已故伟人的处所。从而，这地方就由上帝的天国转变为人间的圣殿。人们再来到这里，便不是聆听神的旨意，而是重温先贤的思想精神来了。

重新改建的建筑的入口处，刻意使用古希腊神庙的样式。宽展的高台阶，一排耸立的石柱，还有被石柱高高举起来的三角形楣饰，庄重肃穆，表达着一种至高无上的历史精神。大维·德安在楣饰上制作的古典主义的浮雕，象征着祖国、历史和自由，上边还有一句话："献给伟人们，祖国感谢他们！"

这句话显示这座建筑的内涵，神圣又崇高，超过了巴黎任何建筑。

我要见的维克多·雨果就在这里。他和所有这里的伟人一样，都安放在地下。因为地下才意味着埋葬。但这里的地下是可以参观与瞻仰的。一条条走道，一间间石室。所有棺木全都摆在非常考究和精致的大理石台子上。雨果与另一位法国的文豪左拉同在一室，一左一右，分列两边。每人的雪白大理石的石棺上面，都放着一片很大的美的铜棕榈。

我注意到，展示着他们生平的"说明牌"上，文字不多，表述的内容却自有其独特的角度。比如对于雨果，特别强调由于反对拿破仑政变，坚持自己的政见，遭到迫害，因而到英国与比利时逃亡十九年。1870年回国后，他还拒绝拿破仑第三的特赦。再比如左拉，特意提到他为受到法国军方陷害的犹太血统的军官德雷福斯鸣冤，因而被判徒刑那个重大的挫折。显然，在这里，所注重的不是这些伟人的累累硕果，而是他们非凡的思想历程与个性精神。

比起雨果和左拉，更早地成为这里"居民"的作家是卢梭和伏尔泰。他们是 18 世纪的古典主义的巨人，生前都有很高声望，死后葬礼也都惊动一时。1778 年为伏尔泰送葬的队伍曾在巴黎大街上走了八个小时。卢梭比伏尔泰多活了三十四天。在他死后的第十六年（1794年），法兰西共和国举行一个隆重又盛大的仪式，把他迁到先贤祠来。

将卢梭和伏尔泰安葬此处，是一种象征，一种民族精神的象征。这两位作家的文学作品都是思想大于形象。他们的巨大价值，是对法兰西精神和思想方面做出的伟大贡献。在这里的卢梭的生平说明上写道，法兰西的"自由、平等、博爱"就是由他奠定的。

卢梭的棺木很美，雕刻非常精细，正面雕了一扇门，门儿微启，伸出一只手，送出一枝花来。世上如此浪漫的棺木大概唯有卢梭了！再一想，他不是一直在把这样灿烂和芬芳的精神奉献给人类？从生到死，直到今天，再到永远。

于是，我明白了，为什么在先贤祠里，我始终没有找到巴尔扎克、斯丹达尔、莫泊桑和缪塞，也找不到莫奈和德彪西。这里所安放的伟人们所奉献给世界的，不只是一种美，不只是具有永久的欣赏价值的杰出的艺术，而是一种思想和精神。他们是鲁迅式的人物，却不是朱自清。他们都是撑起民族精神大厦的一根根擎天的巨柱，不只是艺术殿堂的栋梁。因此我还明白，法国总统密特朗就任总统时，为什么特意要到这里来拜谒这些民族的先贤。

　　1955 年 4 月 20 日居里夫人和皮埃尔的遗骨被移到此处安葬。显然，这样做的缘由，不仅由于他们为人类科学做出的卓越的贡献，更是一种用毕生对磨难的承受来体现的崇高的科学精神。

　　读着这里每一位伟人的生平，便会知道他们中间没有一个世俗的幸运儿。他们全都是人间的受难者，在烧灼着自身肉体的烈火中去找寻真金般的真理。他们本人就是这种真理的化身。当我感受到他们的遗体就在面前时，我被深深打动着。真正打动人的是一种照亮世界的精神。故而，许多石棺上都堆满鲜花，红黄白紫，芬芳扑鼻。这些花是来自世界各地的人天天献上的。它们总是新鲜的。有的是一枝红玫瑰，有的是一大束盛开的百合花。

　　这里，还有一些"伟人"，并非名人。比如一面墙上雕刻着许多人的姓名。它是两次世界大战中为国捐躯的作家的名单。第一次世界大战共五百六十名，第二次世界大战共一百九十七名。我想，两次大战中的烈士成千上万，为什么这里只是作家？大概法国人一直把作家看作是"个体的思想者"。他们更能够象征一种对个人思想的实践吧！虽然他们的作品不被人所知，他们的精神则被后人镌刻在这民族的圣殿中了。

　　一位叫作安东尼奥·圣修伯利的充满勇气的浪漫派诗人也安葬在这里。除去写诗，他还是第一个驾驶飞机飞越大西洋、开辟往非洲航邮的功臣。1943 年他到英国参加戴高乐将军的"自由法国"抵抗运动，在地中海的一次空战中不幸牺牲，尸骨落入大海，无处寻觅。但人们把他机上的螺旋桨找到了，放在这里，作为纪念。他生前不是伟人，死后却得到伟人般的待遇。因为，先贤祠所敬奉的是一种无上崇高的纯粹的精神。

对于巴黎，我是个外国人，但我认为，巴黎真正的象征不是埃菲尔铁塔，不是卢浮宫，而是先贤祠。它是巴黎乃至整个法国的灵魂。只有来到先贤祠，我们才会真正触摸到法兰西的民族性，她的气质，她的根本，以及她内在的美。

我还想，先贤祠的"祠"字一定是中国人翻译出来的。祠乃中国人祭拜祖先的地方。人入祠堂，为的是表达对祖先的一种敬意、崇拜、纪念、感谢，还有延续下去并发扬光大的精神。这一切意义，都与法国人这个"先贤祠"的本意极其契合。这译者真是十分的高明。想到这里，转而自问：我们中国人自己的先贤、先烈、先祖的祠堂如今在哪里呢？

家庭的遗产

在巴黎，我和建筑历史学家罗叶关于城市文化问题的交谈，被安排在他的家中。待到了他家，才知道这是一个别具匠心的"设计"。

他的家在位于市中心一座老公寓楼房的顶层。这种阳台上有着精致的铁栏与华丽牛腿的四五层连体式的老楼，是巴黎的特色。推开厚重的大门，照例是大理石包墙铺地的门厅，楼梯旁边一架窄得只能容下一个胖子的小电梯，大都是上世纪六十年代后添加的现代设施——因为老楼里只有这么一点空间可以利用。在我乘着电梯慢悠悠地上升时，忽想这肯定是罗叶先生在现身说法，向我展示巴黎人以怎样值得自豪的方式来保护他们的老楼吧。有时，伟大而高深的理论不如一个生动的范例。更何况这范例就是他本人。

然而，更叫我感兴趣的是，他客厅的陈设与家具差不多全是1840年的老东西。从沙发和茶几到壁炉上的座钟、瓷器、油灯、铜雕，以及墙上的画。他说这幢楼是1840年的，所以他给这客厅配上的东西也是1840年的。他很注意收集这个时代的物品，因为他非常喜欢这个时代的风格。我想，也许他是建筑历史学家，所以更喜欢营造一种历史的空间。我指着墙角一把满是裂痕、很古朴的小椅子说："它可能更古老一些吧！"

罗叶说："对。这是我家庭的遗产。"他的神气挺得意，也很庄重。

这使我的思维一下子蹦到另一件事上。两年前，我曾到一位年轻朋友的新居祝贺他的乔迁之喜，屋内一切都是崭新放光。我问他原先家中那些老家具呢，尤其是一件大漆彩绘的屏风，古韵盈然，极具神采，给我的印象很深。不想这朋友笑着说："原先那些旧东西和这新房子不配套，全不要了。你说那屏风呀，没想到竟卖了一万四千块。我这套意大利真皮沙发就是拿那玩意儿换的。"我如挨了一棒，更像是卖了我的宝贝。

事后我写了一篇小文章，发表在青年刊物上，题目是：咱们每个人都保护好一点老祖奶奶用过的东西！

前边所说罗叶的那把小椅子，在欧洲可不是个别和新鲜的例子。欧洲人把遗产看得很重要。"遗产"一词源于拉丁语的意思就是"父亲留下来的"。它有"物质"（财富）的含义，也有"精神"（财富）的内容。这就像我们家中相册里那些父母以至祖上的老照片。照片上留下的记忆总是大于照片的本身。它延长我们的人生，巩固着我们的生命积淀，时时焕发着我们的生活情感，然而不单是照片，其他旧物，也一样是过往岁月年华实实在在的载体。可是，面对着这些陈旧又沉默的遗物，人们往往就缺乏文化的悟性了，甚至纯粹把他们当作了一种物质性的家产。单一地用经济眼光去衡量它的价值。如果它残破了，褪色了，过时了，便把它处理掉。

于是，我们的家庭很少有历史印痕。或者说，虽然我们自豪于自己的数千年的历史文化，在我们每一个人的家庭里却很难见到遗迹。过去由于穷，能卖的早都卖了；现在由于富，赶快弃旧换新。

这里边，有一个对"旧"的思辨。

东西旧了，以旧更新，原是万事万物的规律。这里边还蕴含着发展与进步。然而，在农业文化中，旧的含义便遭到分外的贬低。农业以一年四季为一个生活周期。每每完成这一轮，便进入一次新旧的交替与更迭。生活包括一切企盼与希冀就立即从旧岁跳入新年。对新事物渴望的反面，便是对旧事物的厌弃。所以，每逢春冬之交的年的全部意义，就是除旧日和更新。在这种农业文化滋育中，便生成了一种厌旧心理。旧，只是一种过时，一种多余，一种废置——人们总是站在相反的立场来看待旧事物，排斥旧事物，并予抛弃。是不是由于这个缘故，我们家庭的历史就像田地里的庄稼那样年年入秋便连根锄掉？能看见的只是当年的新苗新穗？

其中的关键是我们把遗产过于物质化了。如果只把它当作一种物质，我们就会随心所欲地处置它；如果也把它视为一种珍贵的精神，我们就会永远守卫着它。以它为伴，以它为荣，甚至把它作为生命的并不次要的一部分。

　　那么家庭之外人们共有的文化遗产——城市历史呢？如遇到的也是同样的处境，我则找到了我一直所关心的问题深远的根由。

小动物

　　人类最早和所有动物混在一起生活，一同享受着大自然的赐予：阳光、风、水和果子。当然也互相残害为食。动物间相互为食者，称作天敌，比如猫与鼠。人类就曾以捕杀动物为主。但自从人类脱离茹毛饮血进入文明阶段，与动物的关系发生了变化，许许多多曾受人类伤害的动物，进入了诗、画与童话，成为亲切可爱的形象，构成和谐美好的生存境界，抚慰人的心灵。

　　使我惊讶的是，在海外，这些小动物不用到郊外的风景区寻找，大城市中心也常常见到它们。阿姆斯特丹最繁华的沿河街道上空盘旋着雪白的海鸥，我曾用照相机摄下一个镜头——一个金发女郎骑车到桥头，忽然停下来打背包掏出一把碎面包，一扬手，就有许多海鸥"扑喇喇"疾降下来，争啄她手心的面包渣。她好高兴，好像在体味着这些海鸥与她亲昵的情感。手里的面包渣没了，再向包里掏，直把包儿掏空，便和海鸥们摆摆手，骑车走了。

　　在伦敦、旧金山、布鲁塞尔、芝加哥那些高楼林立间的绿地，只要你拿些米一扬手，就有鸽子飞来，还有许多机灵的麻雀和各色小鸟混杂其间。它们都不怕人，有时会在你胳膊上站成一排，甚至踩在你的头顶、肩头或耳朵。这原因很简单：没人捉它们，吃它们，在西方没有"炸铁雀"下酒。你不曾伤害它，它对你便无警惕。害怕都是由于损害所致。无论是人与动物，还是人与人。

这些生活在城市中的小动物，我最喜欢的是松鼠。在北美一些小城市街上走时，它们时常会从道边浓绿的树丛中钻出来，轻灵地扭动着身子，用略带惊讶的神气瞧你。直立起来时两只前爪拱在胸前，像作揖，跑起来背部向上一拱，把尾巴高高一撅，看上去好似毛茸茸流动的小波浪。一次我躺在爱荷华河边长椅子上晒太阳，睡着了，忽然觉得有人拨弄我头发，醒来一看是两只小松鼠。我口袋里正好有些花生，喂它们。它们吃东西时嘴巴扭动得很可爱。我把花生一抛，它们竟去追。我离开时，它们居然边跑边停跟了我一段路，好似送我一程。

孩子们最爱和小松鼠玩，时常可以看到小孩子们把自己的糖棒送给小松鼠吃。那次在安大略游乐场的大戏篷里看加拿大皇家芭蕾舞团演出《睡美人》时，忽然有几只松鼠在顶篷粗电线上跑来跑去追着玩。剧场里所有孩子都看松鼠，引得大人们也看。最后演员也不得不抬头看看究竟什么角色夺了他们的戏。

小松鼠机灵却冒失，有时蹿到公路上，汽车车速很快，行车时来不及刹车，就被轧死。但后面的车看见前头一只被轧死的松鼠，都错过车轱辘，不忍再轧。看到这情景会为小动物的不幸感到痛惜，同时被人们的善良所感动。

西方保护动物的组织很多。在伦敦我参观过一个"保护弃猫委员会"。谁家不愿养的猫，可以送给这组织去养。杀害动物会受这些组织的控告。人类爱护动物究竟会使自己得到什么益处？爱，首先使人们自己善良。

美国电影《人豹》中有句话："动物成为人之前，相互残杀。"反过来说，文明的标志是避免相互伤害。

爱犬的天堂

一位久居巴黎的华人，姓蔡，绰号"老巴黎"。他问我："你在巴黎也住了不少天，能说出巴黎哪几样东西多吗？"

我想了想，便说："巴黎有四多。第一是书店多，有时一条街能碰上两三家书店。第二是药店多，第三是眼镜店多，这两种店的霓虹灯标志到处可以看到。药店的霓虹灯是个绿色的十字，眼镜店的霓虹灯是个蓝色的眼镜架。眼镜店和书店总是连在一起的：看书的人多，近视眼肯定多。至于第四，是——"我故意停顿一下，好加强我下边的话，"狗屎多！刚才我还踩了一脚！"说完我笑起来，很得意于自己对巴黎的"发现"。

"老巴黎"蔡先生说："你们写文章的人观察力还真不赖。这四样说得都对。只是最后一样……看来你很反感。这说明你对巴黎人还不大了解。好，这么办吧，我介绍你去个地方看看。这地方叫作阿斯尼埃尔。"

待我去到那里一看，阿斯尼埃尔原来是一座公墓。再一问，竟是一座狗公墓！它最早是在塞纳河的一个小岛上，后来这岛的一边的河道被填平，它便成了岸边的一块狭长的阔地，长满了花草树木，在这中间耸立着一排排墓碑。不过它比起人的墓碑要小上一号。最高不过一米。在每一块小巧而精致的墓碑下，都埋葬着一个曾经活过的人间宠物。

狗公墓也和人的墓地一样宁静。静得像教堂，肃穆而安详。坟墓的样式很少重复，有的是古典式样，有的很有现代味，有的是自然主义的做法，用石头砌一座狗儿生前居住的那种小屋。墓碑上边刻着狗的名字，生卒年月，铭文，甚至还记载着墓中的狗一生不凡的业绩。比如一个墓碑上说"墓主人"曾经得过"七个冠军"。还有一个墓碑上写着"这只狗救活了四十个人，但它却被第四十一个人杀死了"。虽然我们不知道这只狗的故事，却叫我们感受到一个英雄的悲剧，让我们觉得这狗的墓地决非只是埋葬一些宠物那么简单。

不少坟墓还有精美的雕像，或是天使，或是盛开的花朵，或是"墓主人"的形象。有的是一个可爱的头，有的是奔跑时的英姿。远看很像一座狗的雕塑博物馆。它与人的墓地的不同，便是每个墓碑前都修了一个方方正正的大理石的台子，大理石的颜色不同，有黑色的，白色的，也有绛红色的；上边放了各式各样的陶瓷的小狗、小猫、小车、小家具、小娃娃、小罐头、小枕头等，这是狗的主人们来扫墓时摆上去的。人们对待这些可怜的狗，就像对待自己早夭的孩子一样，以此留下他们深挚的怀念。

细细地看，就会看出每件陶瓷小品都是精心挑选的，都很精致和可爱。有的墓前摆了很多，多达十几种，但都摆放得错落有致，像一个个陈设着艺术品的美丽的小桌。这之间，有时还有彩绘的瓷盘和瓷片，印着一帧墓中小狗的照片，或者生前与它主人的合影。可是，往日的欢乐现在都埋葬在这沉默大地的下边了。

刚走进阿斯尼埃尔时，我看到一个胖胖的老年妇女由一个男孩子陪同走出来。一老一少的眼睛和鼻子都通红。显然他们刚刚扫完墓正要离去，神情带着十分的伤痛。后来在墓地里，我还看到一对来扫墓的年轻的夫妻。女子抱着一大束艳丽的鲜花，男子提着两大塑料袋的供品。一望即知他们与死去的爱犬深如大海般的情谊。他们先把大理石台子上的摆饰挪开，用毛刷和抹布打扫和清洗干净，然后从包里把新买来的陶瓷一件件拿出来重新布置，细心摆好，再用鲜花把这一些衬托起来。那男子蹲在那里，一手扶着墓碑；那女子则站在他身边，双手抱在胸前，默然而立，似在祈祷，垂下来的长裙一动不动，静穆中分明有一种很深切的哀伤。我看到墓碑上他们爱犬去世的时间为1995 年。一只小狗死去五年，他们依旧悲痛如初。人与狗的情谊原来也可以同人与人一样深刻么？

旁观别人的痛苦是不礼貌的。故而我走开，与妻子去看墓碑上的碑文。我爱读碑文，碑文往往是人用一生写的，或是写人一生的。碑文更多是哲理。然而这狗墓地的碑文却一律是情感的宣泄，是人对狗单方面的倾诉。比如：

"自从你离开我，我没有一天眼睛里没有泪水。"

"你曾经把我从孤独中救了出来，现在我怎么救你？"

"咱们的家依然有你的位置，尽管你自己躺在这里。"

"回来吧，我的朋友，哪怕只是一天！"

在一棵老树下，有一座黑色的墓碑，上边写着被埋葬者的生卒时间为1914—1929。这只狗的主人署名为L.A。他写道：

"想到我曾经打过你，我更加痛苦！"

看到这句话，我被感动了。并由此知道狗在巴黎人生活中深层的位置。狗绝对不是他们看家护院的打手，不是玩物，也不是我前边说过的——宠物，而是人们不可缺少的心灵的伙伴。

在狗与人互为伙伴的巴黎生活中，天天会演出多少美好的故事来？

那么，这里埋着巴黎人的什么呢？是破碎的心灵还是残缺的人生？

阿斯尼埃尔的长眠者，不只有狗，还有猫、鸡、鸟、马。据说很早的时候还埋葬过一只大象。埋葬的意义便是纪念。对于巴黎人来说，这种纪念伙伴的方式由来已久。这墓地实际上是巴黎的古老的墓地之一，其历史至少一百五十年以上。现在墓地里还有一些百年老墓。狗的墓地与人的墓地最大的不同，是人有家族的血缘，可以代代相传，香火不断，坟墓可以不断地重修；但人与狗的缘分只是一生一世，很难延续到下一代。故此，阿斯尼埃尔所有的古墓都是坍塌一片。但这些倾圮的古墓仍是一片人间遗落而不灭的情感。

扫墓的人，常常会把狗爱吃的食物带来。这便招来城市中一些迷失的猫，来到这里觅食。当地政府便在墓地的一角为这些无家可归的猫盖了一间房子。动物保护组织派来了一些人，在屋子里放了许多小木屋、木桶、草篮，铺上松软的被褥，供给猫儿们睡觉。每天还有人来送猫食。这些猫便有吃有喝，不怕风雨。它们个个都肥肥胖胖，皮毛油亮。阿斯尼埃尔成了它们的乐园和天堂。

由于这墓地也埋葬猫，也有猫的墓碑和猫的雕塑。有时墓碑上端趴着一只白猫。你过去逗它，它不动，原是一个石雕。有时以为是雕像，你站过去想与它合影留念，它却忽然跳下来跑了。

这情景有些奇幻。世上哪里还有这种美妙的幻境？

回到我们的驻地，我给那位巴黎通蔡先生打个电话。他问我感受如何，我说："我现在对街上的狗屎有些宽容了。"

他说："那好。宽容了狗屎，你会对巴黎的印象更好一些。"

买鞋

　　人生有些大伤脑筋也有些小伤脑筋的事。我脚大，买鞋就是我小伤脑筋的事。人说我的脚在美国好买鞋，一到爱荷华果然就在一家商场买到了鞋。西班牙出品，皮面胶底，很是舒适。可是没过一周，脚跟处鞋口发紧，像老虎钳子卡着，好疼。一个留学生说："为什么不去换换。"我说："穿了好几天，底都磨了，哪成？"留学生笑着说："在美国买东西只要不合适，两个月内都能换，走，我陪你去！"我将信将疑，随他去了。

　　到商场，留学生拿着大鞋找店员谈。我在国内习惯对售货员赔笑脸，便不自觉满脸堆笑，生怕他不肯退换。谁知道这店员态度平和，不生硬也不殷勤奉迎，更没有借故找气、斗气、撒气等古怪心理，只是一副认真做事的神气。他说："请等等，我去看看还有没有这种鞋。"他去了，不一会儿回来便说："对不起，这种鞋没有了，可不可以退钱给你？"我一怔，嘴里说："好。"心里还在想这不可能。店员把鞋拿去，很快就把鞋钱如数退还给我，并向我致歉，说耽误了我的时间。好奇怪！走出商场，我问留学生："如果都这样换来换去，商店不就赔本了？"留学生解释说："商场这样做，主要为了保证信誉，说明他们卖的货都是好的。另外，他们不会有你这样的担心，因为他们认为你如果穿得合适就不会来换。不合适时，一般会扔掉，不会跑来换。美国人很注重时间，你跑一趟耽误很多时间，影响了你，已经使你很麻烦，自然就应该换了。"我以我在国内形成的观念对这做法依旧惊讶不解，并认作这只是这家商场的规矩，或不过是自己的一次幸运而已。

过不久我在一家店里冲印照片，柜台上有片子写着"二十四小时完成"。我把胶卷交给他们后，第二天准点来取，店员抱歉地说道总店取货的车子可能出了故障，请我等一等。等了半小时便取到了。店员却不收款。我问："为什么不收？"他说："已经耽误你的时间，不能再收钱。"

这时我已经不再奇怪了。在美国待了两个多月，我已经懂得了他们的观念，商店必须维护信誉，没有信誉无法得到信任，也就无法存在。还有，他们认为时间是你的，占了你的时间是侵犯你的利益，既然他们错了，更没理由向你要钱。

我要说的道理，已经包含在这个小故事中了。

钱和文化

　　科隆旧城最值得一逛的是那些昔日遗留下来的小酒店，每个小酒店都有自己的特色，其中一个简直令我着迷。各式各样的桌子，各式各样的椅子，全不重样，但一律是本世纪初的遗物。更特殊的是这店的四壁，完全是用上世纪三十年代旧报纸糊的，天花板上平贴着各样旧镜框，里边放着一些过往时代人物生前的照片。有明星、舞女、名医、市长、巨商、要人，也有谁都难于认出的面孔。走进这家酒店，择一张自己喜欢的桌子，再择一张自己喜欢的椅子坐下。屋内除去酒吧那边，四下里全没有灯。但桌上有小蜡烛和火柴，任你自己擦着火柴点燃蜡烛。你点燃哪儿的蜡烛，就把哪儿照亮。慢慢饮一杯酒，扭头看看壁上的旧报，或抬头瞧瞧屋顶的照片，墙角响着的歌曲也是昔时流行的。你会被这已逝时代的风韵强烈感染着。为了再感受这氛围，我特意第二次去了这家酒店。

　　西方的高级餐馆旅店，并不只靠现代设备，靠装修讲究，更靠文化的魅力。因为文化享受是人重要的精神生活。这样，文化的生存也借助消费。流行歌舞主要活跃在酒吧，盖房子被当作大型立体美术；畅销书被称作"火车小说"，是旅游中消闲解闷的伴侣，连卖面包、袜子、旅行包的商店也卖这种畅销书；商业广告是一群小文人发挥想象和灵气的用武之地。各种日用器具的设计，考虑实用的同时也考虑造型美。不像我们——消费品是消费，文化品是文化，分得清清楚楚。痰盂总那个傻样，顶多印上对水墨大虾，不伦不类；文化专事宣传，别无他用。在西方，随便一件物品，哪怕剪子、指甲刀、炊具、门把儿、药瓶子，都要艺术化。人们在同类商品中挑来挑去，主要是挑自己喜欢不喜欢的。文化打入消费，给自己很大活力。

加拿大的中国餐馆很特别。餐厅一端都有个大戏台，逢到喜筵寿宴，台上唱大戏。戏台上雕梁画栋，并用字匾画轴将匾字画装点得富丽堂皇。中国的戏台美不靠餐馆这么干很难打入北美。

同时消费文化形成了自己的一套。比如香港的武打片，把中国武术的惊险、神秘、绝妙、优美和魅力推向极端。有人说，香港无文化。我不甚同意，在商业文化方面香港有自己的特色。菲律宾一个小城有一电影院，专门放映香港李小龙主演的武打片，连续五年场场爆满。当然，消费文化主要是通俗的、流行的、浅层次的。那么西方非消费性质的文化，比如大型交响乐、芭蕾舞、实验剧团、现代绘画和文学交流怎么活？这些显示民族最高文化水平的艺术种类和组织，如果没有雄厚资金养着，没法存在。

英国国家文化委员会一位负责人告诉我，这种活动的资金大部分来自私人捐款。都是哪一些"私人"呢？我遇到过两个，凑巧都是保险公司的老板。

一个是汉涉保险公司经理伊马亚。我应"德中文学对话会"邀请去西德演讲，到了西德，从汉学家马汉茂口中得知，出钱人就是这位保险公司老板。在汉堡我见到他就问："你为什么请我？"他说："我去过中国，对中国文化有兴趣，也读过你的书。我请你来演讲，是想使没机会去中国的德国人，多知道一些中国。"这想法挺可爱。于是我在汉堡讲了一个题目叫《社会和交流》。讲了上世纪东西方隔绝时代闹出的许多笑话，也讲了当今初步接触中难免的种种笑话。我扣住一个主题：没有交流就无知。演讲后伊马亚说："你支持了我。"我说："因为你支持了文化。"

再一个是我在美国衣阿华州首府迪莫伊参观了一家大保险公司。这公司老板可谓一位奇人。他对现代艺术如痴如狂，每每看中一幅画，就高价收购来，挂满他的办公大楼，包括所有办公房、走廊和餐厅。加上高雅的布置，好似很高贵的绘画博物馆。我问他为什么这么做，他说，一是因为现代画很难卖，他想支持这些画家；二是因为他的职员天天生活在艺术中，心灵就会纯净和高尚。的确，我发现这些坐在房中做事或者走来走去的职员们，脸上都有种宁静和优雅的感觉。我和他们谈这些画，他们个个对这些画家的情况了如指掌，并都有个人的看法。

西方那么多文艺团体和组织，就是靠这些私人资助。尽管有些国家对私人的艺术捐款，采取免税政策，鼓励人们多做这种有益社会文化的事。但做不做全凭个人。我看这些人都有社会眼光，对艺术很内行，又挚爱，他们懂得支持艺术是高尚的行为。我见过不少国家的艺术博物馆，都是私人出钱建造的，或是私人把他收集的艺术品放在一个公共地方，供人欣赏。支持艺术只能靠艺术内行。国家拨款支持文化事业看来更可靠一些，但如果掌管人不懂艺术或不爱艺术，艺术同样没有活路。

在西方常常有些尚未成功的艺术家，生计很难，便在街头拉拉琴或趴在地上画画，急匆匆的路人会突然停住脚，把几枚硬币放在琴盒或他们脚旁，表示帮助。我猜这放钱者都是热爱艺术的人，他们知道艺术成功之前的艰辛。当然成功之后更艰辛，这就要靠前边提到的保险公司老板那类人了。

送礼

　　东洋人来了，双手郑重捧上贵重一大包礼物；西洋人来了，连喊带叫，兴奋得直蹦，却不知他们会把什么微不足道的小东西送给你，所以总听人说，西洋人比东洋人小气。其实这是种误会。

　　一次一个德国人邀我去他家玩。我送给他全家每人一份厚礼，还唯恐礼薄。我在他家高高兴兴玩一天，住一夜，第二天告别前吃早餐时，他和他妻子指指我面前，柔和微笑地说："这是我们送给你的礼物。"我一看，原来是条印着当地风景的小手绢。

　　这是典型的西方礼物和送礼方式。礼物只是作为一种纪念，再也不包括其他含义。

　　西方人不重送礼。他们把请客吃饭作为上好的款待。如果请你去他家吃饭，就分外表示友好了。因为西方人不愿意随便领人到自己家。家，是自己的世界。进他家，就进入他的世界。如果再进一步，他像导游那样，带领你参观他家，还挽留你在他家住上两天，就无疑要与你交朋友了。

朋友间来往，礼物仅仅是助兴而已。你去他家吃饭，给男主人带一瓶酒，给女主人带一束花，就为当日聚会平添兴致。西方人送礼的高潮是圣诞之夜，亲友们互赠礼物，件件礼物都装在精美的盒子里，包装得漂漂亮亮，系上彩色缎带或别一朵纱花。但盒子里的礼物并不一定贵重，只是愈新奇愈有趣愈好。如果这礼物是你亲手制作的更好，因为此中有你的心意在。

按照他们的习惯，接受礼物，必须当面打开。他想看你见到礼物时高兴的表情，礼物就是为了叫你高兴，难道还有什么别的用意？

因此，没人以礼物的薄厚，掂量你的价值，估计你的油水，衡量你和他的关系，并以此确定对你的态度。礼物仅仅是一种"礼"，很少有"物"的含义。倘若送一本书或画册，被认作是高尚的馈赠。很少有人把家用电器一类东西当作礼物，因为这种"礼物"似乎含有恩惠意味，会使接受礼物者莫名其妙。

再说，有位东洋人来看我，先送我一大盒讲究的画笔，坐定之后才知道，他想出版我的书但不想付报酬。这礼物看上去就毫无"礼物"的味道了。

中国有句老话，叫作"礼轻心意重"，这话不错。可惜当今改为"礼重心意重"。心意二字的内涵也变了。礼物成了买路钱和敲门砖。路，乃路子也；门，乃后门也。

人生思索

只有抓住自己的今天，自己的现在，

才是最现实的。而且我还深深地认识到，

青年时以为自己光阴无限，很少有时间的紧迫感。

如果你正当年少，趁着时光正在煌煌而亲热地围绕着你，

你就要牢牢抓住它。那么，

你就有可能把这时光变成希望的一切。

如果这样做了，你长大不仅会做出一番成就，

而且会成为一个真正懂得生命价值的人！

日历

我喜欢用日历，不用月历。为什么？

厚厚一本日历是整整一年的日子。每扯下一页，它新的一页——光亮而开阔的一天便笑嘻嘻地等着我去填满。我喜欢日历每一页后边的"明天"的未知，还隐含着一种希望。"明天"乃是人生中最富魅力的字眼儿。生命的定义就是拥有明天。它不像"未来"那么过于遥远与空洞。它就守候在门外。走出了今天便进入了全新的明天。白天和黑夜的界线是灯光；明天与今天的界线还是灯光。每一个明天都是从灯光熄灭时开始的。那么明天会怎样呢？当然，多半还要看你自己的。你快乐它就是快乐的一天，你无聊它就是无聊的一天，你匆忙它就是匆忙的一天；如果你静下心来就会发现，你不能改变昨天，但你可以决定明天。有时看起来你很被动，你被生活所选择，其实你也在选择生活，是不是？

每年元月一日，我都把一本新日历挂在墙上。随手一翻，光溜溜的纸页花花绿绿滑过手心，散发着油墨的芬芳。这一刹那我心头十分快活。我居然有这么大把大把的日子！我可以做多少事情！前边的日子就像一个个空间，生机勃勃，宽阔无边，迎面而来。我发现时间也是一种空间。历史不是一种空间吗？人的一生不是一个漫长又巨大的空间吗？一个个"明天"，不就像是一间间空屋子吗？那就要看你把什么东西搬进来。可是，时间的空间是无形的，触摸不到的。凡是使用过的日子，立即就会消失，抓也抓不住，而且了无痕迹。也许正是这样，我们便会感受到岁月的匆匆与虚无。

有一次，一位很著名的表演艺术家对我讲她和她的丈夫的一件事。她唱戏，丈夫拉弦。他们很敬业。天天忙着上妆上台，下台下妆，谁也顾不上认真看对方一眼，几十年就这样过去了。一天老伴忽然惊讶地对她说："哎哟，你怎么老了呢！你什么时候才老的呀？我一直都在你身边怎么也没发现哪！"她受不了老伴脸上那种伤感的神情。她就去做了美容，除了皱，还除去眼袋。但老伴一看，竟然流下泪来。时针是从来不会逆转的。倒行逆施的只有人类自己的社会与历史。于是，光阴岁月，就像一阵阵呼呼的风或是闪闪烁烁的流光；它最终留给你的只有无奈而频生的白发和消耗中日见衰弱的身躯。为此，你每扯去一页用过的日历时，是不是觉得有点像扯掉一个生命的页码？

我不能天天都从容地扯下一页。特别是忙碌起来，或者从什么地方开会、活动、考察、访问归来，看见几页或十几页过往的日子挂在那里，黯淡、沉寂和没用；被时间掀过的日历好似废纸。可是当我把这一叠用过的日子扯下来，往往不忍丢掉，而把它们塞在书架的缝隙或夹在画册中间。就像从地上拾起的落叶。它们是我生命的落叶！

别忘了，我们的每一天都曾经生活在这一页一页的日历上。

记得一九七六年唐山大地震那天，我所住的长沙路思治里 12 号那个顶层上的亭子间被彻底摇散，震毁。我一家三口像老鼠那样找一个洞爬了出来。当我的双腿血淋淋地站在洞外，那感觉真像从死神的指缝里侥幸地逃脱出来。转过两天，我向朋友借了一架方形铁盒子般的海鸥牌相机，爬上我那座狼咬狗啃废墟般的破楼，钻进我的房间——实际上已经没有屋顶。我将自己命运所遭遇的惨状拍摄下来，我要记下这一切。我清楚地知道这是我个人独有的经历。这时，突然发现一堵残墙上居然还挂着日历——那蒙满灰土的日历的日子正是地震那一天：一九七六年七月二十八日，星期三，丙辰年七月初二。我伸手把它小心地扯下来。如今，它和我当时拍下的照片，已经成了我个人生命史刻骨铭心的珍藏了。

由此，我懂得了日历的意义。它原是我们生命忠实的记录。从"隐形写作"的含义上说，日历是一本日记。它无形地记载我每一天遭遇的、面临的、经受的，以及我本人应对与所作所为，还有改变我的和被我改变的。

然而人生的大部分日子是重复的——重复的工作与人际，重复的事物与相同的事物都很难被记忆。所以我们的日历大多页码都黯淡无光。过后想起来，好似空洞无物。于是，我们就碰到一个非常重要的关于人本话题——记忆。人因为记忆而厚重、智慧和变得理智。更重要的是，记忆使人变得独特。因为记忆排斥平庸。记忆的事物都是纯粹而深刻个人化的。所有个人都是一个独特的"个案"。记忆很像艺术家，潜在心中，专事刻画我们自己的独特性。你是否把自己这个"独特"看得很重要？广义地说，精神事物的真正价值正是它的独特性。无论是一个人，还是一种文化。记忆依靠载体。一个城市的记忆留在它历史的街区与建筑上，一个人的记忆在他的照片上、物品里、老歌老曲中，也在日历上。

然而，人不能只是被动地被记忆，我们还要用行为去创造记忆。我们要用情感、忠诚、爱心、责任感，以及创造性的劳动去书写每一天的日历。把这一天深深嵌入记忆里。我们不是有能力使自己的人生丰富、充实以及具有深度和分量吗？

所以我写过：

"生活就是创造每一天。"

我还在一次艺术家的聚会中说：

"我们今天为之努力的，都是为了明天的回忆。"

为此，每每到了一年最后的几天。我都是不肯再去扯日历。我总把这最后几页保存下来。这可能出于生命的本能。我不愿意把日子花得净光。你一定会笑我，并问我这样就能保存住日子吗？我便把自己在今年日历的最后一页上写的四句诗拿给你看：

> 岁月何其速，
>
> 哎呀又一年，
>
> 花叶全无迹，
>
> 存世唯诗篇。

正像保存葡萄最好的方式是把葡萄变为酒；保存岁月最好的方式是致力把岁月变为永存的诗篇或画卷。

现在我来回答文章开始时那个问题：为什么我喜欢日历？因为日历具有生命感。或者说日历叫我随时感知自己的生命并叫我思考如何珍惜它。

献你一束花

鲜花，理应是送给凯旋的英雄，难道献给这黯淡无光的失败者？

她一直垂着头。四天前，她从平衡木上打着旋儿跌在垫子上时，就把美丽而神气的头垂下来。现在她回国了，走入首都机场的大厅，简直要把脑袋藏进领口里去。她怕见前来欢迎的人们，怕记者问什么，怕姐姐和姐夫来迎接她，甚至怕见到机场那个热情的女服务员——她的崇拜者，每次出国经过这里时，都跑来帮着她提包儿……有什么脸见人，大败而归！

这次世界性比赛，她完全有把握登上平衡木和高低杠"女王"的宝座，国内外的行家都这么估计，但她的表演把这些希望的灯全都关上了。

两年前，她第一次出国参加比赛，夹在许多名扬海外的姑娘们中间，不受人注意，心里反而没负担，出人意料拿了两项冠军。回国时，就在这机场大厅里，她受到空前热烈的迎接。许多只手朝她伸来，许多摄影机镜头对准她，一个戴眼镜的记者死死纠缠着问："你最喜欢什么？"她不知如何作答，抬眼看见一束花，便说："花！"于是就有几十束花朝她塞来，多得抱不住。两年来多次出国比赛，她胸前挂着一个又一个亮晃晃的奖牌回来，迎接她的是笑脸、花和摄影机明亮的闪光。是不是这就加重她的思想负担？越赢就越怕输，成绩的包袱比失败的包袱更重。精神可以克服肉体的痛苦，肉体却无法摆脱精神的压力。这次她在平衡木上稍稍感觉有些不稳，内心立刻变得慌乱而不能自制。她失败了，并且跟着在下面其他项目的比赛中一塌糊涂地垮下来……

本来她怕见人，走在队伍最后，可是当她发现很少有人招呼她，摄影记者也好像有意避开她时，她感到冷落，加重了心中的沮丧和愧疚，纵使她有回天之力，一时也难补偿，她茫然了。是呵，谁愿意与失败者站在一起。

忽然她发现一双脚停在她眼前。谁？她一点点向上看，深蓝色的服装，长长的腿，铜衣扣，无檐帽下一张洁白娴静的脸儿。原来是机场那位女服务员。

女服务员背着双手，含笑对她说："我在电视里看见了你们比赛，知道你们今天回来，特意来迎接你。"

"我真糟！"她赶紧垂下头。

"不，你同样用尽汗水和力量。"

"我是失败者。"

"谁也不能避免失败。我相信，失败和胜利对于你同样重要。让失败属于过去，胜利才属于未来。"女服务员的声音柔和又肯定。

她听了这话，重新抬起头来。只见女服务员把背在身后的手向前一伸，一大束五彩缤纷的花捧到她的面前。浓郁的香气竟化作一股奇异的力量注入她的身体。她顿时热泪满面。

怎么？花，理应呈送给凯旋的英雄，难道也要献给这黯淡无光的失败者？

我最初的人生思索

　　大概是我九岁那年的晚秋，因为穿着很薄的衣服在院里跑着玩，跑得一身汗，又站在胡同口去看一个疯子，拍了风，病倒了。病得还不轻呢！面颊烧得火辣辣的，脑袋晃晃悠悠，不想吃东西，怕光，尤其受不住别人嗡嗡出声地说话……

　　妈妈就在外屋给我架一张床，床前的茶几上摆了几瓶味苦难吃的药，还有与其恰恰相反，挺好吃的甜点心和一些很大的梨。妈妈用手绢遮在灯罩上，嗯，真好！灯光细密的针芒再不来逼刺我的眼睛了，同时把一些奇形怪状的影子映在四壁上。为什么精神颓萎的人竟贪享一般地感到昏暗才舒服呢？

　　我和妈妈住的那间房有扇门通着。该入睡时，妈妈披一条薄毯来问我还难受不？想吃什么？然后，她低下身来，用她很凉的前额抵一抵我的头，那垂下来的毯边的丝穗弄得我的肩膀怪痒的。"还有点烧，谢天谢地，好多了……"她说。在半明半暗的灯光里，妈妈朦胧而温柔的脸上现出爱抚和舒心的微笑。

最后，她扶我吃了药，给我盖了被子，就回屋去睡了。只剩下我自己了。

我一时睡不着，便胡思乱想起来。总想编个故事解解闷，但脑子里乱得很，好像一团乱线，抽不出一个可以清晰地思索下去的线头。白天留下的印象搅成一团；那个疯子可笑和可怕的样子总缠着我，不想不行；还有追猫呀，大笑呀，死蜻蜓呀，然后是哥哥打我，挨骂了，呕吐了，又是挨骂；鸡蛋汤冒着热气儿……穿白大褂的那个老头，拿着一个连在耳朵上的冰凉的小铁疙瘩，一个劲儿地在我胸脯上乱摁；后来我觉得脑子完全混乱，不听使唤，便什么也不去想，渐渐感到眼皮很重，昏沉沉中，觉得茶几上几只黄色的梨特别刺眼，灯光也讨厌得很，昏暗、无聊、没用，呆呆地照着。睡觉吧，我伸手把灯闭了。

黑了！霎时间好像一切都看不见了。怎么这么安静、这么舒服呀……

跟着，月光好像刚才一直在窗外窥探，此刻从没拉严的窗帘的缝隙里钻了进来，碰到药瓶上、瓷盘上、铜门把手上，散发出淡淡发蓝的幽光。远处一家作坊的机器有节奏地响着，不一会儿也停下来了。偶尔，从很远很远的地方传来货轮的鸣笛声，声音沉闷而悠长……

灯光怎么使生活显得这么狭小，它只照亮身边；而夜，黑黑的，却顿时把天地变得如此广阔、无限深长呢？

我那个年龄并不懂得这些。思索只是简单、即时和短距离的；忧愁和烦恼还从未有乘着夜静和孤独悄悄爬进我的心里。我只觉得这黑夜中的天地神秘极了，浑然一气，深不可测，浩无际涯；我呢，这么小，无依无靠，孤孤单单；这黑洞洞的世界仿佛要吞掉我似的。这时，我感到身下的床没了，屋子没了，地面也没了，四处皆空，一切都无影无踪；自己恍惚悬在天上了，躺在软绵绵的云彩上……周围那样旷阔，一片无穷无尽的透明的乌蓝色，这云也是乌蓝乌蓝的；远远近近还忽隐忽现地闪烁着星星般五光十色的亮点儿……

这天究竟有多大，它总得有个尽头呀！哪里是边？那个边的外面是什么？又有多大？再外边……难道它竟无边无际吗？相比之下，我们多么小。我们又是谁？这么活着，喘气，眨眼，我到底是谁呀！

我伸手摸摸自己的脸、鼻子、嘴唇，觉得陌生又离奇，挺怪似的……这究竟是怎么回事？

我是从哪儿来的？从前我在哪里？什么样子？我怎么成为现在这个我的？将来又怎么样？长大，像爸爸那么高，做事……再大，最后呢？老了，老了以后呢？这时我想起妈妈说过的一句话："谁都得老，都得死的。"

死？这是个多么熟悉的字眼呀！怎么以前我就从来没想过它意味着什么呢？死究竟意味着什么？像爷爷，像从前门口卖糖葫芦那个老婆婆，闭上眼，不能说话，一动不动，好似睡着了一样。可是大家哭得那么伤心。到底还是把他们埋在地下了。为什么要把他们埋起来？他们不就永远也不能说话，也不能动，永远躺在厚厚的土地下了？难道就因为他们死了吗？忽然，我感到一阵死的神秘、阴冷和可怕，觉得周身就仿佛散出凉气来。

于是，哥哥那本没皮儿的画报里脸上长毛的那个怪物出现了，跟着是白天那只死蜻蜓，随时想起来都吓人的鬼故事；跟着，胡同口的那个疯子朝我走来了……黑暗中，出现许多爷爷那样的眼睛，大大小小，紧闭着，眼皮还在鬼鬼祟祟地颤动着，好像要突然睁开，瞪起怕人的眼珠儿来……

我害怕了，已从将要入睡的懵懂中完全清醒过来了。我想——将来，我也要死的，也会被人埋在地下，这世界就不再有我了。我也就再不能像现在这样踢球呀，做游戏呀，捉蟋蟀呀，看马戏时吃那种特别酸的红果片呀……还有时去舅舅家看那个总关得严严实实的迷人的大黑柜，逗那条瘸腿狗，到那乱七八糟、杂物堆积的后院去翻找"宝贝"……而且再也不能"过年"了，那样地熬夜、拜年、放烟火、攒压岁钱；表哥把点着的鞭炮扔进鸡窝去，吓得鸡像鸟儿一样飞到半空中，乐得我喘不过气来；我们还瞒着妈妈去野坑边钓鱼，钓来一条又黄又丑的大鱼，给馋嘴的猫咪咪饱餐了一顿；下雨的晚上，和表哥躺在被窝里，看窗外打着亮闪，响着大雷……活着有多少快活的事，死了就完了。那时，表哥呢？妹妹呢？爸爸妈妈呢？他们都会死吗？他们知道吗？怎么也不害怕呀！我们能够不死吗？活着有多好！大家都好好活着，谁也不死。可是，可是不行啊……"谁都得老，都得死的。"死，这时就像拥有无限威力似的，而且严酷无情。在它面前，我那么无力，哀求也没用，大家都一样，只有顺从，听摆布，等着它最终的来临……想到这里，尤其是想到妈妈，我的心简直冷得发抖。

妈妈将来也会死吗？她比我大，会先老，先死的。她就再不能爱我了，不能像现在这样，脸挨着脸，搂我，亲我……她的笑，她的声音，她柔软而暖和的手，她整个人，在将来某一天就会一下子永远消失了吗？她会有多少话想说，却不能说，我也就永远无法听到了；她再看不见我，我的一切她也不再会知道。如果那时我有话要告诉她呢？到哪儿去找她？她也得被埋在地下吗？土地，坚硬、潮湿、冷冰冰的……我真怕极了。先是伤心、难过、流泪，而后愈想愈加心虚害怕，急得蹬起被子来。趁妈妈活着的时光，我要赶紧爱她，听她的话，不惹她生气，只做让大家和妈妈高兴的事。哪怕她还骂我，我也要爱她，快爱，多爱；我就要起来跑到她房里，紧紧搂住她……

四周黑极了，这一切太怕人了。我要拉开灯，但抓不着灯线，慌乱的手碰到茶几上的药瓶。我便失声哭叫起来："妈妈，妈妈……"

灯忽然亮了。妈妈就站在床前。她莫名其妙地看着我："怎么，做噩梦了？别怕……孩子，别怕。"

她俯身又用前额抵一抵我的头。这回她的前额不凉，反而挺热的了。"好了，烧退了。"她宽心而温柔地笑着。

刚才的恐怖感还没离开我。这是怎么回事？我茫然地望着她，有种异样的感觉。一时，我很冲动，要去拥抱她，但只微微挺起胸脯，脑袋却像灌了铅似的沉重，刚刚离开枕头，又坠倒在床上。

"做什么？你刚好，当心再着凉。"她说着便坐在我床边，紧挨着我，安静地望着我，一直在微笑，并用她暖和的手抚弄我的脸颊和头发。"你刚才是不是做噩梦了？听你喊的声音好大哪！"

"不是，……我想了……将来，不，我……"我想把刚才所想的事情告诉给妈妈，但不知为什么，竟然无法说出来。是不是担心说出来，她知道后也要害怕的。那是件多么可怕的事啊！

"得了，别说了，疯了一天了，快睡吧！明天病就全好了……"

昏暗的灯光静静地照着床前的药瓶、点心和黄色的梨，照着妈妈无言而含笑的脸。她拉着我的手，我便不由得把她的手握得紧紧的……

我再不敢想那些可怕又莫解的事了。但愿世界上根本没有那种事。

栖息在邻院大树上的乌鸦不知为何缘故，含糊不清地咕嚷一阵子，又静下去了。被月光照得微明的窗帘上走过一只猫的影子，渐渐地，一切都静止了，模糊了，淡远了，融化了，变成一团无形的、流动的、软软而迷漫的烟。我不知不觉便睡着了。

一个深奥而难解的谜，从那个夜晚便悄悄留存在我的心里。后来我才知道，这是我最初在思索人生。

哦，中学时代……

人近中年，常常懊悔青少年时由于贪玩或不明事理，滥用了许多珍贵的时光。想想我的中学时代，我可算是个名副其实的"玩将"呢！下棋、画画、打球、说相声、钓鱼、掏鸟窝等，玩的花样可多哩。

我还喜欢文学。我那时记忆力极好，虽不能"过目成诵"，但一首律诗念两遍就能吭吭巴巴背下来。也许如此，就不肯一句一字细嚼慢咽，所记住的诗歌常常不准确。我还写诗，自己插图，这种事有时上课也做。一心不能二用，便听不进老师在讲台上讲些什么了。

我的语文老师姓刘，他的古文底子颇好，要求学生分外严格，而严格的老师往往都是不留情面的。他那双富有捕捉力的目光，能发觉任何一个学生不守纪律的行动。瞧！这一次他发现我了。不等我解释就没收了我的诗集。晚间他把我叫去，将诗集往桌上一拍，并不指责我上课写诗，而是说："你自己看看里边有多少错？这都是不该错的地方，上课时我全都讲过了！"

他的神色十分严厉，好像很生气。我不敢再说什么，拿了诗集离去。后来，我带着那么本诗集，也就是那些对文学浓浓的兴趣和经不住推敲的知识离开学校，走进社会。

社会给了我更多的知识。但我时时觉得，我离不开，甚至必须经常使用青少年时学到的知识，由此而感到那知识贫薄、残缺、有限。有时，在严厉的编辑挑出来的许许多多的错别字、病句，或误用的标点符号时，只好窘笑。一次，我写了篇文章，引了一首古诗，我自以为记性颇好，没有核对原诗，结果收到一封读者客气又认真的来信，指出错处。我知道，不是自己的记性差了，而是当初记得不认真。这时我就生出一种懊悔的心情。恨不得重新回到中学时代，回到不留情面的刘老师身边，在那个时光充裕、头脑敏捷的年岁里，纠正记忆中所有的错误，填满知识的空白处。把那些由于贪玩而荒废掉的时光，都变成学习和刻苦努力的时光。哦，中学时代，多好的时代！

当然，这是一种梦想。谁也不能回到过去。只有抓住自己的今天，自己的现在，才是最现实的。而且我还深深地认识到，青年时以为自己光阴无限，很少有时间的紧迫感。如果你正当年少，趁着时光正在煌煌而亲热地围绕着你，你就要牢牢抓住它。那么，你就有可能把这时光变成希望的一切。如果这样做了，你长大不仅会做出一番成就，而且会成为一个真正懂得生命价值的人！

感觉

黄昏时听音乐是一种特殊享受。那当儿，暮色浓深，屋里的一切都迷蒙模糊，没有什么具体清晰的形象映入眼帘，搅乱头脑；心灵才能让听觉牵着，梦游一般地飘入音乐的境界中去。哎，你是不是也有此同感？

我这感觉既强烈又奇妙，以致我怀疑自己有点神经质。记得那次绝对是个黄昏，大概听舒曼的《梦幻曲》吧！家里只我自己，静静的空间灌满了那深沉而醉心的琴音。屋子的四角都黑了，窗前的东西变成一堆分辨不清的影子，只有窗玻璃上还依稀映着一点淡淡的橘色的夕照。

我的心像被这音乐洗过一样圣洁。不知是心沉浸在琴音里，还是琴音充溢我的心里，一股潜流似的婉转回旋。于是我被感动起来，随之而来，便是这种动心的感觉渐渐加强，心里的潜流形成一个疾转的漩涡，到了感动的潮头卷起，我忽然不能自已。好像有根无形的搅棒，把沉淀心底的乱七八糟的全都翻腾起来。说不出是什么难忘的事或感受过的情绪，也说不出是什么滋味，甜蜜？忧伤？思念？委屈？已经落空的企盼？留不住的甜美……一下子，大滴大滴的泪珠子竟然自个儿夺眶而出，滚过脸颊，啪啪掉在地上。我倚着门框，仰起头，衣襟很快就湿了一片。我完全不能自制，也不想自制，因为这决不是一种痛苦，而是一种异样的、令人战栗的幸福的感觉。平日里，偶然给什么意外的事物的触发，也会生出这样一种感觉，却总是一掠而过，从来没有凝聚起来，这样有力地撞击我的心扉。

然而我不明白，这感觉是怎样来的，是那琴音招引来的？到底是哪个旋律、哪个和声打动的我？为什么以前听这支曲子从无这般感受？更奇怪的是，以后，多少次，黄昏时，我设法支开家里的人，依旧在这光线晦暗、阴影重重的安寂的小屋里，独自倚门倾听这支曲子，但再也不曾出现那种忍俊不禁、苦乐交加的感觉了。琴音像一阵微弱的风，难得再在我心中吹起浪头。怎么回事？

感觉是找不到的，只有它来找你。

两年后，我早已忘掉寻觅这感觉的念头，却意外碰到了它。

那是个深秋时节，刚刚下过一场蒙蒙小雨，天色将暮，人在户外，脸颊和双手都感到微微凉意。我才办完一件事回家，走在一条沿河的小道上。小河在左边，蜿蜒又清亮，缓斜的泥坡三三五五坐着一些垂柳；右边是一面石砌的高墙，不知当年是哪家豪门显贵的宅院。这石墙很长，向前延长很远。院内一些老杨树把它巨大的伞状的树冠伸出墙来。树上的叶子正在脱落，地上积了厚厚一层，枝上挂的不多。虽然无风，不时有一片巴掌大的褐色叶子，自个儿脱开枝干，从半空中打着各式各样的旋儿忽悠悠落下来，落在地上的叶子中间，立时混在一起，分不出来，大树也就立刻显得轻松一些似的。我踏着这落叶走，忽然发现一片叶子，异常显眼，它比一般叶子稍小，崭新油亮，分明是一片新叶。可惜它生不逢时，没有长足，胀满它每一个生命的细胞，散尽它的汗液与幽香，就早早随同老叶一同飘落。可是，大自然已经不可逆地到了落叶时节，谁又管它这一片无足轻重的叶子呢！我看见，这涂了一层蜡似的翠绿的叶面上注着几滴晶亮的水珠，兴许是刚才的雨滴，却正像它无以言传的伤心的泪。它多么热爱这树上的生活——风里的喧哗，雨里的喧闹，阳光里闪动的光华，它多么渴望在这树上多多流连一刻。生活，尽管给生命许许多多折磨、苦涩、烦恼、欺骗和不幸，谁愿意丢弃它？甚至依旧甘心把一切奉献给它。生活，你拿什么偿还一切生命对你的奉献？永远是希望么？

　　我怜惜地拾起这片绿叶，抬眼一望，蓦然发现高高的、被雨淋湿而发暗的墙头上，趴着一只雪白的猫，正呆呆瞧着我；杨树深处，有两扇玻璃窗反映着雨后如洗的蓝天，好像躲在暗处的一双美丽的眼睛……突然，就是这突然的一下，我被莫名地感动起来。那次听音乐时所产生的异样的感觉，又一次涌入我的心中，在我心里翻江倒海地搅动起来，视线又一次被止不住的大股热泪遮挡住了。我站在满地褐黄斑驳的落叶中间，贪婪地享受这又甜又苦的情感，并任使这情感尽情发泄和延长，多留它一些时候。谁知它只是这一小阵子，转眼竟然雾一般渐渐消散。好似一下子都拥聚与凝结起来的事物，又一下子分散开来，抓都抓不着。咦，这是怎么回事？

我手里拈着这片闪光而早落的叶子，痴呆呆地站着。

守岁

一种昔时的年俗正在渐渐离开我们，就是守岁。

守岁是老一代人记忆最深刻的年俗之一，如今发生了变化——特别是城市人，最多是等到子午交时之际给亲朋好友打个电话发个短信拜个年，然后上床入睡，完全没有守岁那种意愿、那种情怀、那种执着。

我已不记得自己哪年开始不再守岁了，却深刻记得守岁那时独有的感觉。每到腊月底就兴奋地叫着今年非要熬个通宵，一夜不睡。好像要做一件什么大事。父母笑呵呵说好呵，只要你自己不睡着就行，决没人强叫你睡。

记得守岁的前半夜我总是斗志昂扬，充满信心。一是大脑亢奋，一是除夕的节目多；又要祭祖拜天地，又要全家吃长长的年夜饭，最关键的还是午夜时那一场有如万炮轰天的普天同庆的烟花爆竹。尽管二踢脚、雷子鞭、盒子炮大人们是决不叫我放的，但最后一个烟花——金寿星顶上的药捻儿，却一定由我勇敢地上去点燃。火光闪烁中父母年轻的笑脸现在还清晰记得。

待到燃放鞭炮的高潮过后，才算真正进入了守岁的攻坚阶段。大人们通常是聊天，打牌，吃零食，过一阵子给供桌换一束香。这时间就像牛皮筋一样拉得愈来愈长了；瞌睡虫开始在脑袋喷撒烟雾。

无事可做加重了困倦感，大人们便对我说笑道：可千万不能睡呀。

我一边嘴硬，一边悄悄跑到卫生间用凉水洗脸，甚至独出心裁地把肥皂水弄到眼睛里去。大人们说，用火柴棍儿把眼皮支起来吧。

年年的守岁我都不知道怎么结束的。但睁眼醒来一定是在床上，睡在暖暖的被窝里。枕边放着一个小小的装着压岁钱的红纸包，还有一个通红、锃亮、香喷喷的大苹果。这寓示平安的红苹果是大人年年夜里一准要摆在我枕边上的。一睁眼就看到平安。

我承认，在我的童年里，年年都是守岁的失败者，从来没有一次从长夜守到天明。

故而初一见到大人时，总不免有些尴尬，尤其是想到头一天信誓旦旦要"今夜决不睡"之类的话。当然，我也会留意大人们的样子，令我惊奇的是：他们怎么就能熬过那漫长一夜？

其实很简单，因为他们知道为什么守夜。可是守夜的道理并不简单。

后来我对守岁的理解，缘自一个词是"辞旧迎新"。而首先是"辞"字。

辞，是分手时打声招呼。

和谁打招呼，难道是对即将离去的一年吗？

古人对这一年缘何像对待一位友人？这一年仅仅是一段不再有用的时间吗？

那么新的一年大把大把可供使用的时间呢？又是谁赐予我们的？是天地，是命运，还是生命本身？任何有生命的事物不都是它首先拥有时间吗？

可是，时间是种奇妙的东西。你什么也不做，它也在走；而且它过往不复，无法停住，所以古人说"黄金易得，韶光难留"。也许我们平时不曾感受时间的意义。但在这旧的一年将尽的、愈来愈少的时间里——也就是坐在这儿守岁的时刻里，却十分具体又真切地感受到时光的有限与匆匆？它在一寸一寸地减少。在过去一岁中，不管幸运与不幸，不管"喜从天降"还是留下无奈、委屈与错失——它们都已成为我们生命的一部分。在它即将离我们而去时，我们便有些依依不舍。所以古人要"守"着它。

守岁其实是看守住属于自己的时间与生命，表达着我们的生命情感。

然而，守岁这一夜非比寻常。它是"一夜连两岁，五更分二年"。因而，我们的古人便是一边辞旧，一边迎新。以"辞"告别旧岁，以"迎"笑容满面迎接生命新的一段时光的到来。新的一年是未知的，不免小心翼翼。古人过年要通宵点灯，为了不叫邪气暗中袭入；还在年画上所有形象都画上笑眼笑口，以寓吉祥。由于对未来的这种盛情，所以正月初一破晓"迎财神"的鞭炮更加欢腾。

于是，我们的年俗就这样完成了岁月的转换，以"辞"和"迎"表达对生命的敬畏，以长长的守夜与天地一年一度地"天人合一"。

我们和洋人的文化真有些不同。洋人对新年只有狂欢，我们的心理似乎复杂得多，其情其意也深切得多。可是我们正在一点点离开这些。

这到底是因为农耕文明离我们愈来愈远，还是人类愈来愈强势无须在乎大自然了？

守岁渐行渐远。当然，我们不必为守岁而勉强守岁。民俗是一种集体的心愿，没有强迫。只盼我们守着这点对大自然和生命的敬畏吧。

书架

      大凡人们都是先有书，后有书架的；书多了，无处搁放，才造一个架子。我则不然，我仅有十多本书时，就有一个挺大、挺威风、挺华美的书架了。它原先就在走廊贴着墙放着，和人一般高，红木制的，上边有细致的刻花，四条腿裹着厚厚的铜箍。我只知是家里的东西，不知原先是谁用的，而且玻璃拉门一扇也没有了，架上也没一本书，里边一层层堆的都是杂七杂八什么破布呀、旧竹篮呀、废铁罐呀、空瓶子呀等，简直就是个杂货架子了。日久天长，还给尘土浓浓地涂了一层灰颜色，谁见了它都躲开走，怕沾脏了衣服，我从来也没想到它会与我有什么关系。只是年年入秋，我把那些大大小小的蟋蟀罐儿一排排摆在上边，起先放在最下边一层，随着身子长高而渐渐一层层向上移。

      至于拿它当书架用，倒有一个特别的起因。

      那是十一岁时，我到一个同学家里去玩儿，见到这同学的爷爷，一位皓首霜须、精神矍铄、性情豁朗的长者；他的房间里四壁都是书架，几乎瞧不见一块咫尺大小的空墙壁。书架上整整齐齐排满书籍。我感到这房间又神秘又宁静，而且莫测高深。这老爷爷一边轻轻将着老山羊那样一缕梢头翘起的胡须，一边笑嘻嘻地和我说话，不知为什么，我这张平日挺能讲话的嘴巴始终紧紧闭着，不敢轻易地张开。是不是在这位拥有万卷书的博知的长者面前，任何人都会自觉轻浅，不敢轻易开口呢？我可弄不清自己那冥顽混沌的少年时代的心理和想法，反正我回家后，就把走廊那大书架硬拖到我房间里，擦抹得干干净净，放在小屋最显眼的地方，然后把自己的宝贝书也都一本紧挨着一本立在上边。瞧，《敏豪生奇遇记》啦，《金银岛》啦，《说唐》啦，《祖母的故事》啦，《铁木儿和他的伙伴》啦……一时我觉得自己有点像同学家那老爷爷了，心里有种说不出的快感。遗憾的是，这些书总共不过十多本，放在书架上，显得可怜巴巴，好比在一个大院子里只栽上几棵花，看上去又穷酸又空洞。我就到爷爷妈妈、姐姐妹妹的房间里去搜罗，凡是书籍，不论什么内容，一把拿来放在我的书架上，惹得他们找不到就来和我吵闹，我呢，就像小人国的仆役，急于要塞饱格列佛的大肚囊那样，整天费尽心思和力气到处找书。大概最初我就是为了填满这大书架才去书店、逛书摊、逛书市的。我没有更多的钱，就把乘车、看电影和买冰棒的钱都省下来买了书。

到底从什么时候开始，我不再为了充实书架而买书，记不得了。我有过一种感觉：当许许多多好书挤满在书架上，书架就变得次要、不起色，甚至没什么意义了。我渐渐觉得还有一个硕大无比、永远也装不满的书架，那就是我自己。

此后我就忙于填满自己——这个"大书架"了。

书是无穷无尽的。一本本书就像一个个潮头，一页页书就像一片片浪花，书上的字便是一颗颗晶莹的水珠。它们汇成了海洋吗？那么你最多只是站立浪头的弄潮儿而已。大洋深处，有谁到过？有人买书，总偏于某一类，我却不然。两本内容完全是两个领域的书，看起来毫无关系，就像各自在太平洋和大西洋的两滴水珠，没有任何关联一样，但不知哪一天出于一种什么机缘和需要，它俩也会倏然地溶成一滴。

这样，我的书就杂了。还有些绝版的、旧版的书，参差地竖立在书架上，它们带着不同时代的不同风韵气息，这一架子书所给我的精神享受是无穷无尽的了。

一九六六年，正是我那书架的顶板上也堆满书籍时，却给骤然疾来的"红色狂飙"一扫而空，这大概也叫作"物极必反"吧！我被狂热无知的"小将"们逼着把书抱到当院，点火烧掉。那时，我居然还发明了一种焚烧精装书的办法。精装本是硬纸皮，平放烧不着，我就把书一本本立起来，扇状地打开，让一页页纸中间有空气，这样很快就烧去书心，剩下一排熏黑的硬书皮立在地上，我这一项发明获得监视我烧书的"小将"的好感，免了一些戴纸帽、挨打和往脸上涂墨水的刑罚。

书架空了，没什么用了，我又把它搬回到走廊上。这时，我已成家，就拿它放盐罐、油瓶、碗筷和小锅。它便变得油腻、污黑，肮脏，重新过起我少年时代之前那种被遗弃一旁的空虚荒废的生活。

有时，我的目光碰到这改做碗架的书架，心儿陡然会感到一阵酸楚与空茫。这感觉，只有那种思念起永别的亲人与挚友的心情才能相比。痛苦在我心里渐渐铸成一个决心：反正今后再不买书了。

生活真能戏弄人，有时好像诚心和人较劲，它能改变你的命运，更不会把你的什么"决心"当作一回事。

最近几年，无数崭新的书出现在书店里。每当我站在这些书前，那些再版书就像久别的老朋友向我打招呼；新版书却像一个个新遇见的富于魅力的朋友朝我微笑点首。我竟忍不住取在手中，当手指肚轻轻抚过那光洁的纸面时，另一只手已经不知不觉地伸进口袋，掏出本来打算买袜子、买香烟、买橘子的钱来……

沾上对书的嗜好就甭想改掉，顺从这高贵而美好的嗜好吧！我想。

如今我那书架又用碱水擦净，铺上白纸，摆满油墨芳香四溢的新书，亭亭地立在我的房间里。我爱这一架新书，但我依旧怀念那一架旧书。世界上丢失的东西，有些可以寻找回来，有些却无从寻觅。但被破坏了的好的事物总要重新开始，就像我这书架……

灵性（一百二十则）

1

闪电从乌云里钻出来，

我的歌声啊，

你也从我幽闭的心中飞出来吧！

2

海潮满带着激情，一次次冲向堤岸，

但它遭到拒绝，一次次退回去，

又再来……

终于把坚固的岩岸冲垮，

化为一片美丽的石子儿。

3

生活真正的意义就是创造每一天。

4

蚊子咬了狮子一口，从此以为自己成了英雄。

5

树根在地下一切的努力都是为了树冠的辉煌。

6

爱比被爱幸福。

7

懦弱是灵魂的下跪，

唯有灵魂不能下跪。

8

感动别人是享受自己，享受自己心灵中最好的那一部分。

9

热爱生命，就是不浪费生命。

10

弹满人生的键盘，才有灵魂的深厚。

11

水的波纹是永不重复的图案。

12

铁块只有与磁石保持距离才能感受到磁力。

13

山是凝固的波浪，

水是流动的群山。

14

寂寞时还想到别人，孤独时便只剩下自己了。

15

大地把一颗种子培育成植物，

植物结出一千颗种子回报大地。

16

千颜万色，

是太阳赋予的，还是万物所固有的?

17

喂，这是人生的车厢，它从来就不是对号入座的。

18

车子行得稳是因为它的轴不动。

19

最容易伤害的情感是爱情。

20

柳絮飞得有时比鸟儿还高，

但它是给风吹上去的……

21

木头也和所有生命的过程一样：

要不熊熊燃烧，要不慢慢腐朽。

22

我心里有你一张底片，想复印多少张，就多少张。

23

我们今天为之努力的，都是为了明天的回忆。

24

人类在挫折中发现真理，

如同在病痛中发现药物。

25

上帝给人一只左手，

又给了人一只右手，为了使人自己帮助自己。

26

思想需要公开，

情感需要保密。

27

生命原本全是空格，需要你一样样地填满。

28

信任来自被信任者一方。

29

爱的最高境界是爱别人，

爱的最大境界是爱天下。

30

会储蓄的大脑才富有。

31

最可怜的人是那种——

如果没有钱就什么也没有了。

32

艺术的法则就像哲学的本质一样，

不是把一个变成十个，而是把十个变成一个。

33

风是天上的罗丹，

它天天雕塑着云彩。

34

热烈的太阳永不停歇地追逐月亮的爱，

于是日复一日，年复一年。

35

自卑太脆弱，

便常常借用自尊的硬壳。

36

到处找不到你，

你又是无所不在。

37

永恒的爱是永远恪守最初的誓言。

38

大树对樵夫说：

"你可知道，最疼痛的是不流血的伤口。"

39

障碍我们认识一件事物的，往往不是相反而是相似的东西。

40

春天最先是闻到的。

41

大，才能容纳；小，只能容忍。

42

你的敌人就是你自己。

43

被河隔开的两岸每一次拉起手，都化为一座美丽的桥。

44

我和你是一张纸的两面，中间怎能分开？

45

暮春的雨一阵又一阵，

催动着绿意渐渐成熟。

46

爆竹膨胀的结果是粉身碎骨。

47

空气是一种物质，因为它能被阳光照亮，

情绪也是一种物质，因为它能被爱照亮。

48

蜘蛛的生存方式是张开网，

等待飞虫的错误。

49

无知的人像白纸那样彼此相似，有识之士像书籍那样各不相同。

50

秋风轻轻推开门，把它的名片——
一片金色的叶子送进来……

51

想念决非虚无缥缈。它是世界上最结实的带子，
牢牢拴住两个生命。

52

金钱在人格和爱情中只能买走假货。

53

它追逐春天，直把春天追得无影无踪，
才知道自己的名字叫作：夏天。

54

所有土地都可以为了一棵树的生长，就看你的根扎得有多深
多长。

55

锁着你的钥匙在你自己手里。

56

所有的美好，都在适度中呈现。

57

苍蝇自以为美丽无比，不停地在我眼前转来转去。

58

我们的半径相等，才能画出一个共同又完美的圆。

59

人生最强劲的力量都是你的对手给的；

对手多强，你有多强。

60

时间对生命用减法，

对生命所创造的却用加法。

61

在现实中告别的，都在回忆中相聚。

62

枕头是一个装满梦的袋子，脑袋一沾它，梦就一个个钻进脑袋里。

63

艺术家要做的是把瞬间变为永恒。

64

摆渡者反反复复选择彼岸，

结果徘徊了一生。

65

如果没目标，那么无论走多远都同没有走一样。

66

善有善报，恶有恶报，才是人间最理想的图画。

67

照片还记录着照片之外的许多往日的景象。

68

什么都不怕的人最可怕。

69

世上有两种生命，

前一种用时间计算，后一种用行程计算。

不同的是，后一种有生命目的。

70

爱情的悲剧大半来源于最初的错觉。

71

想一想，是——

命运创造了你的性格，还是性格决定了你的命运?

72

人生是斜坡，

中间站不住，

要不滑下去，要不攀上来。

73

历史记住的是为它付出的人。

74

音乐是流动的色彩，

绘画是静止的和弦。

75

科学家说鸟的翅膀扇动着空气，

诗人却说鸟的翅膀扇动着阳光。

76

为自己做的一样也留不住，

为人类做的样样都留下来。

77

猜忌是一把剪子，会把我们一点点分开；

谅解是一根细针，会把我们一点点缝上。

78

聪明和愚蠢是一根管子的两头，

穿过愚蠢便可以到达聪明，穿过聪明也可以到达愚蠢。

79

春风是一个软软又柔情的嘴唇，

把一个个冻结的湖吻出了依依的涟漪。

80

缘分，就是在你苦苦寻找它时，它也在苦苦寻找你。

81

痛苦是把自己反锁在密室里，

快乐是推开门迎着光明跑出去。

82

自信并不是只相信自己。

83

我的心是一个花篮，五彩缤纷地装满你的爱。

84

没有目标的自由是放纵。

85

音乐告诉我，

片断的才是美的，

生活告诉我，

最美的都是片断的。

86

艺术是艺术家生命天空的闪电。

87

人间有三根绳子，它们是权力、感情和金钱——

权力的绳子用捆绑的办法，

感情的绳子用缠绕的办法，

金钱的绳子常常是个圈套。

88

人花掉却无法收回来的财富是生命。

89

艺术家在相同的道路上相互失败，

在相反的道路上各自成功，

这大概是艺术唯一的秘诀。

90

使一个人富有容易，使他文明却很难。

91

商人说："我喜欢做梦。因为它不必付钱。"

官员说："我喜欢做梦，因为它不必负责。"

诗人说："我喜欢做梦，因为它比我更富于想象。"

92

山没有性别，所以山与山始终保持距离；

水都是情种，所以水与水一遇即合。

93

书法是用形象表达抽象的艺术，

音乐是用抽象表达形象的艺术。

94

人间的威信是：

大人物以威取信，小人物以信取威。

95

没有打不开的锁，只有错了的钥匙。

96

人生的重量，只能用"利他"的秤砣来衡量。

97

第二步因为第一步，

第二步为了第三步。

98

理智是一条笔直的路，感情常常是这条路上的绊索。

99

你不去选择命运，

命运才选择了你。

100

恨是悲剧生出的种子，它会再生出一个悲剧来。

101

道德修剪人性中的枝蔓。

102

对称美到了天平上，就是平等。

103

窗子是雨的小鼓，

篱笆是风的排箫。

104

运动中的赛跑，是在有限的路程内看你使用了多少时间；

人生中的赛跑，是在有限的时间内看你跑了多少路程。

105

监狱是罪恶之后的栏杆，

教育是罪恶之前的栏杆。

106

怀疑常常引出真理，也时时引出灾难。

因为怀疑是把假设当作事实来思维。

107

时间是攥在手里的鸟儿，你一松手，它就飞了。

108

人间有一条路，善和恶是它的两端，中间刻着尺度。

你离一端愈近，就离一端愈远。

109

只说他的优点，他成了一个平面；

说出他的缺欠，他才是一个活生生的立体。

110

幽默用语言表达，

滑稽用肢体表现。

111

给教师——

大鸟的责任是帮助小鸟学会运用自己的翅膀。

112

凡是魔术师在台上变出来的，都是他事先带到台上来的。

113

水前进的方式，是每遇到一个坑洼都要灌满，再继续前行。

114

真正的美不需要夸张。

115

窗子是墙上的画框，季候来变换画框里的风景。

116

世界上凡是用金钱买不到的东西，都比金钱宝贵。

117

保存葡萄最好的方式是把葡萄酿成酒；

保存生活最好的方式是把生活化为永存的诗篇。

118

不只用眼睛还要用心去发现美。

119

思想用来看清那些眼睛看不明白的东西。

120

世界上所有的一切都在书里，

世界上没有的一切也在书里。